賴和的相思

——康原◆著　梁一念◆繪

規暝　星稀微月走去
風真涼　露水凍吱吱
相思樹下　孤孤單單
等無愛人來做伴
相思　啊　相思
恨無身軀生出翼股
飛入　愛人的房間內

【自序】

揣路人的心情

康原

　一九九五年阮擔任賴和紀念館館長時，發現賴和佇一九三二年就發表台語詩歌〈相思歌〉，佇彼時陣就有一寡前輩文學家主張「用阮的手寫阮的喙，筆尾佮舌頭合一」，但是日治時期台語白話詩的寫作並無繼續落來。戰後的一九九一年前輩詩人林宗源佮黃勁連等人創立「蕃薯詩社」，發行《蕃薯詩刊》，強調「台語文學就是台灣文學」。佇這個時陣，阮為著欲寫《八卦山下的詩人林亨泰》的傳記，做訪問時伊對阮講：「一生上遺憾是無用家己的母語寫詩。」這句話拼著阮的心肝頭，伊閣再講：「台語是構成台灣文學的條件之一。」對彼个時陣，阮就開始用母語來寫囡仔歌閣有台語現代詩。

　二〇〇一年阮第一本台語詩《八卦山》由彰化文化局出版，到二〇一三年由晨星出版有限公司推出《番薯園的日頭光》現代詩、二〇一七年由遠景出版社出版《花的目屎》，現代詩攏總出過三冊；這段期間閣有由晨星出版《台灣囡仔歌謠》、《台灣囡仔的歌》、《逗陣來唱囡仔歌1～7》共九冊，攏總寫兩百外首的歌。今年（二〇二〇年）閣再由晨星推出第四本台語《賴和的相思》的現代詩，這本冊創作的過程親像咧揣路，想欲揣出台灣詩歌表達技巧媠氣的路，揣出台灣人生活的真正底蒂佮精神，用詩來記錄台灣的歷史。

規本冊分成四輯：第一輯「揣路的人」攏總二十首，對轉去故鄉揣路的心情變化開始，佮走揣台灣的大街小巷，發現鄉親的常民歷史佮生活情形，用母語詩去建構的地理、歷史、生態、環境的變遷。親像這篇〈走揣福爾摩沙台灣〉透過野柳女王頭的場景，寫先民的開疆闢塗慘淡經營，到認同這塊土地的經驗：

佇萬年的宇宙中　走揣
日頭　月娘　星的世界
茫茫的大海中　發現
台灣的野柳女王
這是咱永遠的　故鄉

早年先祖星光伴雲霧
開疆　闢塗　骨力走天涯
番薯落塗　代代來生湠
如今　千山綠水萬里情
女王是上好的　見證

第二輯「賴和的相思」：透過一九三〇年鄉土論戰語言的問題開始，攏總二十一首中，講的是台灣人佇這塊土地，為著爭民主自由的生活，追求台灣獨立的精神咧拍拚佮犧牲，〈一九八九年的春天〉寫鄭南榕為言論自由而自焚、〈一張支票〉寫陳文成捐助《美麗島雜誌》，而遭到國民黨政府關切。一九八一年返台，被警備總部約談，次日即被發現陳屍於台灣大學研究生圖書館旁，予稱為陳文成命案或陳文成事件。〈夢〉寫的是史明，一生為台灣獨立建構《台灣人四百年史》佮跍日本賣麵的慘淡奮鬥故事、〈小鬼仔殼〉寫郭倍宏闖關回台，想欲「推翻國民黨，建立新國家」。演講完後，郭倍宏佇底下群眾戴上「烏名單」面具下，順利脱逃成功，形成一股「郭倍宏旋風」的傳奇事件。〈心酸酸〉寫鍾逸人佮黃金島見證二七部隊勇敢的精神。佇這輯中猶有寫著小說家鍾肇政、王拓、王灝、藝術家謝里法、李梅樹、顏水龍、顏聖哲、陳久泉……濟濟的人，留下台灣人武威不屈的文化精神。

第三輯「月台的春天」攏總二十首，這輯的作品攏是阮佇台灣各地行踏，有時陣去旅遊、講演、悉學生去戶外教學，看著的地景有詩情的感動。親像麻豆文旦節的參與、帶彰化社大學員去澎湖校外教學、為壢西坪社區的活動創作的詩，嘛有為故鄉的廟寺武聖關公所寫的正義精神的詩，猶閣有看姚嘉文《黃虎印》小說改編歌仔戲以後，對台灣民主國先賢精神的數念。

另外，這首〈溫柔的海〉：

有一條歷史久遠的　磺溪
流著　公理佮正義
流入眾人的心肝底
文字是上溫柔閣深沉的海洋

做一个社會的病理學家
用筆　去寫人性的衝突
詩情　傳達海底的波浪
予烏暗的天地間　發光

這首是阮二〇一九年做彰化縣第二十一屆磺溪文學獎代言人，所寫的詩歌，傳達彰化文學為公理佮正義創作的精神，有特殊的紀念性。

輯四「天頂彼粒星」攏總有十九首，有〈天星〉、〈漁女的身影〉中對已經離開世間阿母的數念開始，嘛有〈薰吹佮老父〉懷念阮天頂的老爸，是一種對親情的描寫。另外，有寫一寡對台灣社會上的慈善家陳綢女士的尊敬，佇〈千手觀音的甘露水〉中，用詩歌去記錄伊性命的過程，一生勤儉攏是為著照顧別人，最後兩段詩阮按呢寫：

阿媽的目屎　洗去人間的痛苦
目屎是水　洗淨死去囡兒的靈魂
洗著　坎坎坷坷悲慘的命運

洗出　向善若水的性命哲理
阿媽是觀音媽的甘露水　化身
淨化　迷途羊群的靈魂
伊講　困難就是學習的起點
慈悲　才是做人上好的武器

神農的米透阿媽的水
米飼眾生　水利萬物
陳綢阿媽的人生路途
滴落　一點一滴的甘露水
救著久年焦涸涸的野草
阿媽　博愛的精神
帶予　失去家庭的囡仔
有美夢成真的期待

對台灣社會典範人物的描寫，猶閣有〈馬頭山的白毛蟹〉是咧寫生態學家陳玉峯佮畫家陳來興，幫忙月世界的居民守護馬頭山的代誌，為台灣這片土地來走從，這款為土地正義來拍拚的精神，值得咱台灣人學習。嘛有寫中國〈紅旗〉插踮咱的土地來蹧躂台灣人，雖然最後拆掉，阮將這事實紀錄落來。〈江湖〉有阮對台灣社會人際關係的觀察。

這本冊攏總有八十首詩，分成四輯：主題包含台灣這塊土地上發生的各種阮思考的代誌、抑閣有台灣歷史的發現、地景的描寫、性命意義的探討，詩中有阮家己的思想觀念佮期待，就親像阮佇〈耕咱兜的田園〉第一段詩寫的，是阮對台灣文化

揣路人的一種心情紀錄。

對半線行過磺溪到彰化的這塊田園
攏種外來的植物　粗枝厚葉蔭影崁頂
原生種子煞袂發芽
失去台灣人的志氣
拍見土地的靈魂　不肖的囝孫心目中
有黃河攏無賴河　日治時期
和仔仙　拍開台灣新文學的門窗
引進　民主自由新觀念　教咱
喙舌佮筆尾合一　寫出低氣壓的山頭

攑一枝秤仔佮警察捙拚
喝著勇士應為義鬥爭
種入公理佮正義的種子
發出批判佮抗議磺溪精神

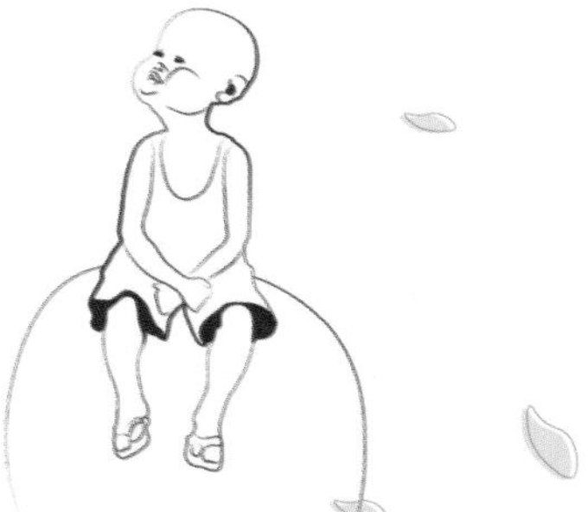

目次

輯三

輯四

天頂彼粒星——149

輯一

揣路的人

1 揣路

真久　無轉去故鄉
細漢行過的路　有一點仔
生疏　盤過田園的高架公路
紅毛塗柱　真大箍
高速公路的交流路口
迵入　過去阮兜的田園
揣無阿母為青菜梳妝的身影

真久　無轉去田庄
路頂的少年家仔　有淡薄仔
生份　囡仔兄　借問
陳村長的厝按怎行？
伊的靈已經搬去穎川堂的公廳
墓仔　做佇林頭崙的山坪
恬恬咧聽　九降風的嗽聲

日治時代　開挖的四知圳
圳水　流過春天的田園
白雲　巡過一庄閣一庄
風聲叫著　白翎鷥緊起床
暗光鳥　已經飛倒轉
阮向少年鄉親借問
收驚婆仔　猶閣有踮咱這庄？

揣無故鄉孰似的　人
細漢踮過的　厝
失落佇　田中央
回鄉的路　愈來愈長
揣路　予阮心頭
酸……

——《台文戰線》四十二期

2 磺溪書院

彼條 勻勻行過平埔年代的
大肚溪 流入西爿的海底
流出 山坪的大肚王國
流過 塗葛堀港的風華
一八九〇年 五文昌行入
溪邊 文昌路的磺溪書院
為台灣人 開筆陣
點文化的 光明燈

磺石 帶來公理佮正義
溪水 吟唱咱土地的詩
書院 儒雅的先賢
天為經 啟心靈
地做緯 識道理
囝囝孫孫 代代有智慧

萬年的磺溪流水　永遠
是袂屈辱的　高貴靈魂

——《台文戰線》四十五期，二〇一七年一月；《行走的詩》（路寒袖編，遠景出版，二〇一六年十二月）；民視拍成飛閱文學地景VI EP 15

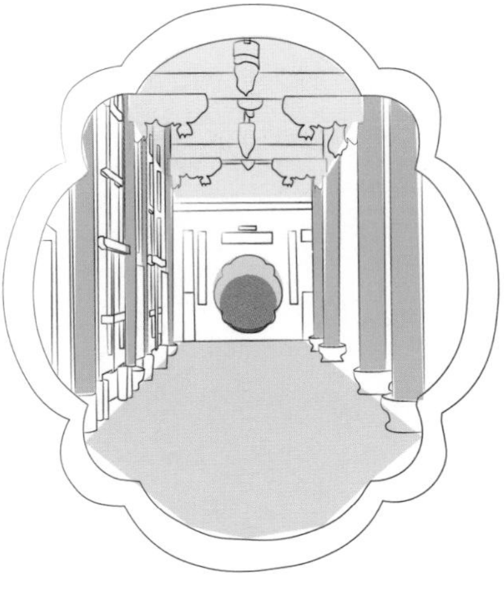

3 小西巷風華

一陣一陣流浪的　風
吹入　小西彎彎曲曲的巷仔底
彼个　頭毛白白的地理仙
喙角全波　講著蜈蚣吐珠
葫蘆吸收露水　佮古城池
趣味的傳奇

一代一代各種族群的　人
對北爿拱辰行到西爿的慶豐
行出　小西巷的名號
這巷底　踮真濟好額地主佮紳仕
醫生巷有　楊克煌佮謝雪紅的
精彩　愛情故事

一間一間無共款的　店

醉鄉　酒香佮薰味沉落彰化人的記持
高賓閣　賴和飲酒的身影變成一首一首的詩
鐵道詩人　錦連失落夢想的天地
善道堂　有收驚婆卜龜卦的聲音
汀州會館　定光佛有靈閣有性

一頁一頁變遷的　歷史
紅葉大旅社變囡仔迌迌物仔來
揣回　真正阮細漢的時代
三和旅社　有小西咖啡的芳味
彰化三寶　肉丸　炕肉飯　鳥鼠麵
人客　一攤食了閣一攤……

——《自由時報》二〇一七年四月廿五日

4 扇形車庫

展開　彼支真大的葵扇
一台一台破病的　火車
覕入　葵扇的機關庫內底
接受　診斷佮醫治

彰化車頭電報房的
鐵道詩人　錦連
伊愛　單身旅行
毋是追求天地的　寂寞
伊愛看窗外　綠色的土地
感受著　予人控制的痛苦
鐵枝　縛佇地球的詩句
親像　火車壓過的兩條傷痕

八卦山跤的詩人　林亨泰

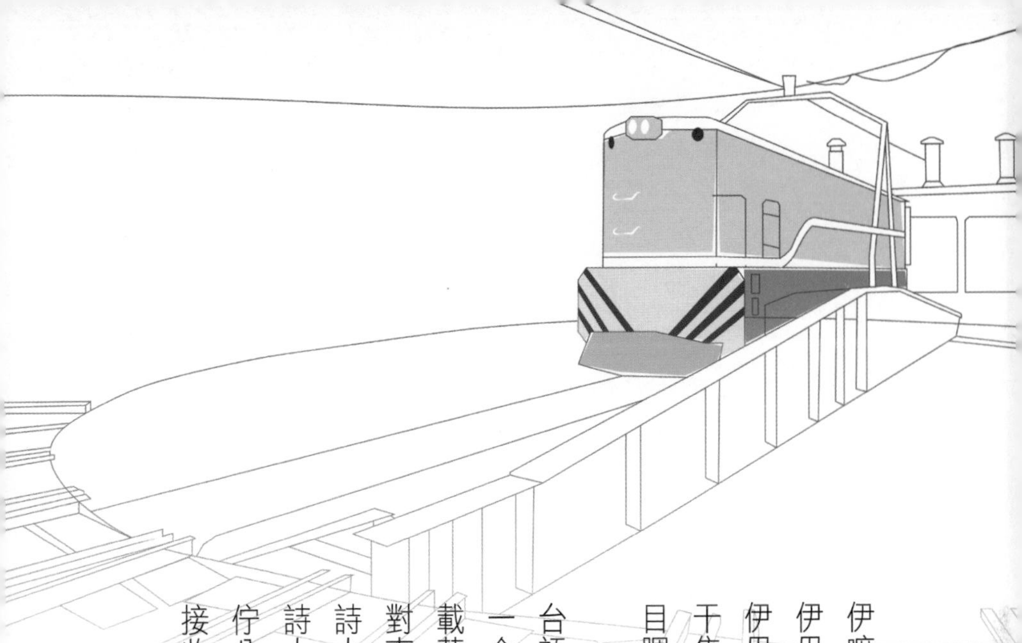

伊嘛坐過　海線的火車
伊毋看正爿的　山色
伊毋看左爿的　海湧
干焦　看車內查某囡仔的迷人
目睭　化出美麗笑容佮身影

台語詩人路寒袖的　老爸
一个　駛火車的司機
載著　全家生活的鹹酸苦澀
對南到北　對北到南　來來去去
詩人細漢　期待坐火車到彰化食肉丸
詩人大漢　行入文學的路
佇八卦山頂　拄著賴和醫生
接收著　和仔仙的文學精神

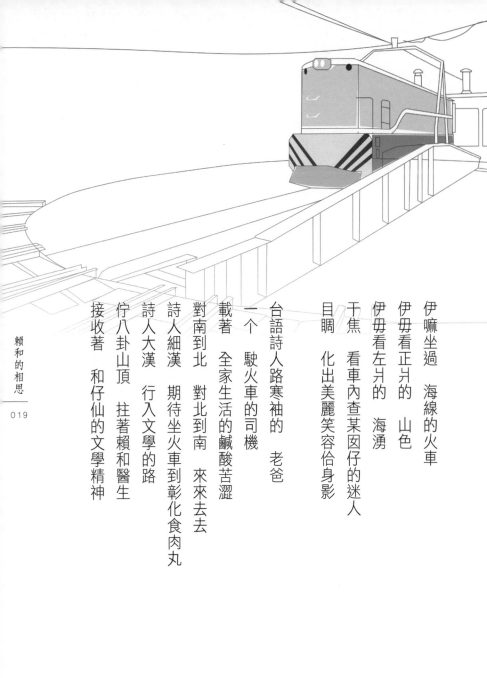

艘入　葵扇形機關庫　火車
完成　性命中的任務
予人　歷史永遠記持
啟示　詩人寫出有智慧的
句讀　帶來真濟參觀人客的
感受　特殊風景佮好心情

——《文學台灣》一〇五期，二〇一八年一月

註

1. 彰化扇形車庫：為縣定古蹟，台灣鐵道文化保存完善的珍寶，位於彰化市彰美路旁，全台碩果僅存。蒸汽機火車頭於完成懷舊之旅後，進駐彰化扇形車庫，讓這座扇形車庫更具歷史和文化保存價值。
2. 路寒袖著有詩集《我的父親是火車司機》一書，及〈在八卦山遇見賴和〉一詩。
3. 錦連：曾獲牛津文學獎，被稱鐵道詩人，從一九四三至一九八四年服務彰化火車站電報室，寫了許多有關火車為意象的詩，如〈單身旅行〉、〈軌道〉、〈月台〉等。
4. 林亨泰：彰化前輩詩人曾獲國家文學獎，寫過〈海線〉坐火車的詩。

5 卦山風雲 走街仙

一、八卦山踮彰化城

彰化古早叫半線　東爿一粒八卦山
南路鷹飛來做伴　大佛永遠袂孤單
人客一攤閣一攤　肉丸一碗閣一碗
美麗風景誠好看　先民流血閣流汗

南門靈廟媽祖宮　西門長老蘭醫生
對咱台灣真有情　切膚之愛來見證
北門醫生和仔仙　抗日攏嘛走代先
勇士當為義鬥爭　為著民主來犧牲

彰化的人有正義　勇氣像山無地比
詩人攏嘛有骨氣　受逼寫出斷腸詩
做人著愛講義氣　熱心關懷咱鄉里
為著故鄉寫情詩　傳教囝孫萬萬年

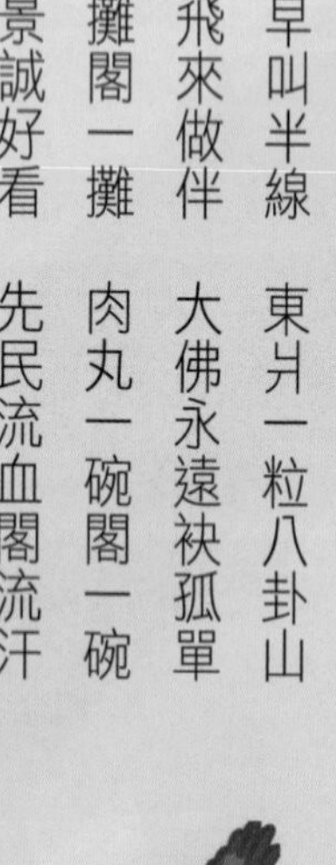

二、太陽旗下的風雲

和先出世彼一年　台灣亦是清朝時
隔年日本插國旗　日頭旗下來變天
日本警察真囂俳　蹧躂百姓攏亂來
耀武揚威真利害　手拍跤踢掠去刣

真得慘死的百姓　駛牛拖車度日子
做牛嘛袂駛僻鼻　做馬嘛愛感謝天
刑士比虎較大隻　喙若拍開若尿桸
若有物件到宿舍　啥物代誌攏袂掠

一九三〇彼一年　霧社山胞來起義
莫那魯道眾兄弟　攏將性命交出去
決心出來拚生死　為著自尊毋驚死
夭壽日本放毒氣　閣擲炸彈佮銃子

原民婦女走去覘　無力抵抗吊吊死
悲慘山內全死屍　山胞實在有勇氣
和先寫南國哀歌　死去嘛愛擧烏旗

三、覺悟犧牲的精神

製糖會社無天理　干焦想著欲趁錢
毋管蔗農的生死　欺壓弱勢長久年
弱勢農民的哀求　像九降風咧喝咻
覺悟性命來犧牲　鋤頭畚箕會相爭
二林事件的戰友　逐家本來真溫柔
欺人若是超過份　百姓實在歹吞忍
人活世間無自尊　甘願來去做亡魂
這是走街先啟示　爭公理佮做正義
一九二七彼一年　文化會路線相爭

和先對農民支持　同情農工的階級
真正的人道主義　勸咱逐家愛前進
袂使做人的殖民　倡新思想破迷信
鬥鬧熱時迎柴頭　這款行為是癮民

讀戶富人的歷史　了解和先的心思
寫文章愛用母語　小說人物的對話
馬無夜草是袂肥　人無橫財是袂富
世間大富是由天　小富攏是愛節儉
講霧峰林家故事　伊愛是散赤轎夫
壽至公堂的故事　林家咧拚大和尚
和先為守愚辯解　攏是有伊立場在

——《台文戰線》四十四期，二〇一六年十月

6
漚鬱熱的八卦山

熱人　佇山頂大樹跤歇涼　真秋清
看雲尪踮天頂變猴弄
吱吱叫的蜶蛹蠐共鳳凰木叫精神
鳳凰花　向阮使目箭面腔笑吻吻
看著樹林內一陣青啼仔覕相揣
佮大鼓的節奏　做伙唱出迷人的樂章
南路鷹　一萬死九千
古早時　悲慘的命運

同窗　觀察這馬山頂的變化
用色彩創造出快樂有變化的　夢
逐條大路攏有迵心靈的故鄉
學唱阿母的歌　回鄉的路
畫出佛祖的慈悲佮台語園區
文學的路頂　批判佮抗議的歷史

註

1. 漚鬱熱：àu ut jua̍h，悶熱。
2. 變猴弄：pìnn kâu lāng，玩把戲。
3. 蛅蛧蠐：am poo tsê，蟬。
4. 樂章：ga̍k tsiong，音樂樂章。

走揣　彼時陣為公理正義鬥爭的勇士

賴和　台灣新文學之父

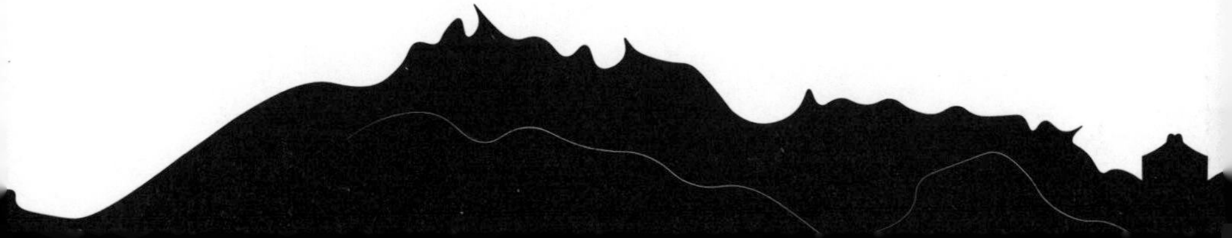

7 鹿城的風華佮舞影

一、

行過　彎彎曲曲久久長長的
九曲巷　親像行入二鹿風華
不見天　彼條路的兩爿留著
小說家　風聲謗影的鬼仔靈魂
意樓　花園中楊桃樹的故事
少年人　刻骨銘心追求愛情
巷底的風　吹過施叔青的
行過洛津　清朝人的身影
宋澤萊　見證血色夜婆的降臨
小鎮　出過日本的三跤狗
李昂　看著上海陳定山的
春申舊聞　將新聞事件搬入
鹿港　予查某人林市
刣死　懵懂的陳江水

台灣文學鹿城故事的
傳奇

二、
阮去揣過去　鹿港奢颺的文化
工藝國寶李松林的　四暢
伸腰　挖耳　扒尻脊　撚鼻孔
神刀　施至輝的靈聖神像
大街小巷　傳唱鹿港普渡的歌
唱成　鹿港才子文炳先的角頭詩詞
洛津　街頭八景巷尾十二勝
龍山寺　聽優美旋律流入心肝的簫聲
寺廟的南爿　彼間有鹿港燒陶藝店
鹿港元素有特色工作坊　吸引人
楊橋邊　走揣秋天詩情的月色

文開書院　詩人吟唱是懷念的過去
桂花巷　學習薪傳的藝術絕學
有時　鹿港溪看扒龍船的比賽
行佇舊港邊　想洪棄生溝邊散步的情景
市場前　玉珍齋對角攝影家許蒼澤的厝
予阮想起　《懷念的老台灣》《走揣烏溪》
《大師的視界•台灣》《歷史的腳步》
時間流成　長長的《記憶》的河

三、

二鹿　風華演出一齣一齣的
舞影　三百年來的共同記持
小說家　故事中的精彩演義
攏是咧演　鹿港人生活的過去
詩人　周定山　寫出的冬天

註

1. 宋澤萊：小說家，曾出版《血色蝙蝠降臨的城市》以鹿港為場景。
2. 李昂：小說家，曾出版《殺夫》、《迷園》以鹿港為場景。
3. 許蒼澤：鹿港攝影大師，曾與作者合著《懷念老台灣》、《走揣烏溪》、《大師的視界•台灣》、《歷史的腳步》、《記憶》等文集。
4. 《行過洛津》：施叔青書寫鹿港的歷史小說。

饒有閒情逃世易
絕無媚骨入時難
文化人　葉榮鐘的〈生涯〉
萬事唯憑天派遣
得糊塗處且糊塗
抗日詩人洪棄生〈鹿溪〉
蓬山久變遷　古岸橫波剪
不覺鹿溪潮　年來亦日淺
啊　鹿港過去的歷史是
一首一首予世間人感動的
情詩佮舞步的心影……

——《台文戰線》二〇一七年七月

8 王功港的故事

收集九降風起造的　沙崙
成做　福海宮媽祖的浮水蓮花座
插旗竿的縣老爺　覓地理
揣著　甘甜的龍泉水
予烏面池王爺的神兵　圍困的
海賊　蔡牽毋敢閣入後港溪
林祖保庇著　王功代代的囝孫
喝著　阮祖若顯尻川就痛

藝術家余季　佇故事館內底
用玻璃起造海洋的世界
隔開海洋　一間一間透明的
蚵園　沙埔　內內外外的
海地　蚵民　掠蚵螺　釘蚵枝　牽蚵繩
坐牛車抾蚵　坐三輪車遊蚵園的

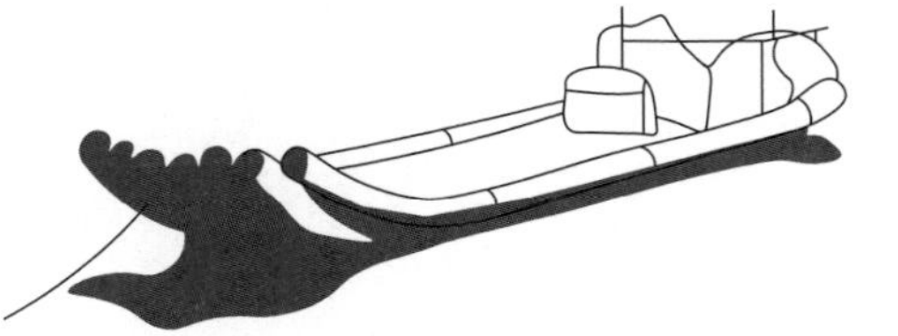

浪漫的海洋　追想曲

用蚵殼佮瓷土捏出　王功人的生活
故事　館中有抾蚵人討海心酸
鹹水潑面　賺食顧身的無奈
潮水退去的蚵園　有阮
細漢抾蚵掠魚的記持　滴落
一點一滴的紅血佮白汗　大風
海湧　親像一粒一粒移動的懸山

港邊　有烏白兩道線條的燈
塔邊　紅樹林白翎鷥咧吟詩
雲蕊笑微微　行對海洋天頂
燈光佇烏暗暝　閃閃爍爍
暗光鳥　透暝去海墘掠魚

花鰷　跳過來　覕過去
日頭　予王者的弓箭射入海底去……

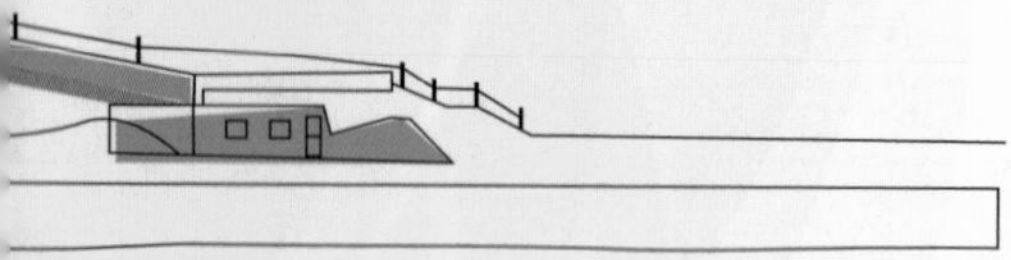

9 走揣半線阿東社

一、

阮兜　八卦台地的番仔埔
佮牛埔遺址仝庄頭　佇古早攏屬番社口
台中科學博物館的　考古學家
挖出　四千外年前　石刀　瓦片
紅陶器具　挖開平埔人的生活情形
剖開　平埔先祖的面腔佮形影
若親像聽著in快樂的歌聲
看著in　走鏢　賽戲的身影
有一寡文獻記載遮是　阿東社
經過　文史專家研究探討辯證
番社口　屬於柴仔坑社
阮踮的地頭　舊名番仔埔
嘛是　屬於柴仔坑的社民
這馬　社區用阿東社咖啡廳為名

歷史紀錄上　一種美麗的錯誤
引起　走揣歷史變遷的番社
詩歌　傳予下一代的人知影

二、

庄頭　有一个古地名青仔宅的角頭
古早種真濟　懸懸的青仔欉　過去
出出入入真濟巴布薩的平埔族
先民　天氣若寒冷著哺檳榔
結婚　有送檳榔的禮俗
飲淡薄家己做的　燒酒
平埔人過著　拍獵　祭祖　飲酒
走鏢　賽戲　出草　快樂　知足
漢人　隨著in的禮俗
喜事　嘛請人客食檳榔

閣有唱出　這款的歌聲
一塊檳榔兩个蓋
中央　一塊青仔干
囝婿　娶新娘來作伴
你著　佮囝婿仝心肝

文獻　平埔蕃調查書
寫著　線東堡番社口庄
舊名　柴仔坑社
乾隆年間柴仔坑社　搬入
番社口　十七世紀後
漢人　楊國暢家族位府城
帶著　漢族的大某李安人
蹛入　半線的柴仔坑庄　閣再
娶著兩个平埔查某做細姨　一位

馬芝遴社　頂番婆庄的潘女
一位　大肚社番婆庄的公主
柴仔坑社變成　漢番雜居的家園
延續　一代一代囝孫傳落去

三、

彼一年　楊國暢娶大肚社公主
要求　女方送嫁妝　大肚番王
徛佇　大肚山坪向南　用手比著
東霧霧　西罺罺　看會著的土地
攏是　做查某囡仔的嫁妝
大肚溪邊的土地　攏送予楊家
國暢　變成柴仔坑庄大地主
一七六六年　楊國暢的後生
計畫著大肚溪邊的　水圳

楊志申　引貓羅溪的水　開發
二八圳　淹著北彰化的田園
嘛閣開發著　惡馬圳的水路
淹著　線西寓埔的土地
彰化　開發史上　寫著
南施　世榜開發八堡圳
北楊　志申開發二八圳惡馬圳
一七二三年　彰化設置縣治
楊家搬入　城東的樂耕門邊
過著　榮華富貴的日子
東門楊　富裕生活三百年

四、
一七二四年彰化起造第一間
廟寺　觀音亭　山門寫著：

開來繼往皆以修身為本
化渡慈航總須念佛至誠

一七二六年起造孔子廟
做著　彰化縣儒學
知縣張世珍　講是：
設學立教　以彰雅化
世世代代　傳落去
囝囝孫孫　描寫土地佮人民的詩
繼承　文學彰化的道理
追求　磺溪的公理佮正義
予稱呼　彰化媽祖的賴和
新文化的種子掖落去
青穎　發甲滿滿是……

10 走揣福爾摩沙台灣

佇萬年的宇宙中　走揣
日頭　月娘　星的世界
茫茫的大海中　發現
台灣的野柳女王
這是咱永遠的　故鄉

早年先祖星光伴雲霧
開疆　闢塗　骨力走天涯
番薯落塗　代代來生湠
如今　千山綠水萬里情
女王是上好的　見證

11 蒜頭糖廠

行佇六腳　蔗埕文化園區
記持浮出　日本人上蓋勢
做糖用蒜頭　阿公嘛講
第一戇　插甘蔗予會社磅
這俗語　到底是講啥代誌？

無出產蒜頭的　算頭
新寶珍　蒜頭餅上出名
九萬二七千　咱著斟酌聽
台灣人　家聽做跤　算變成蒜
真是　臭耳人勢彎話

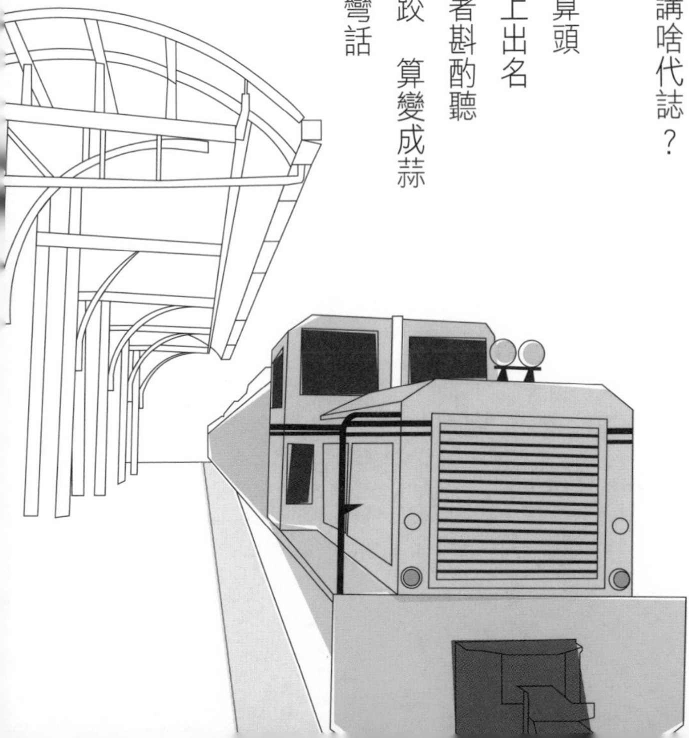

12

烏水溝波浪的海湧

一、

古早　先祖唐山過台員
渡過烏水溝危險的　性命
攬著　彼仙慈悲的媽祖婆
波浪的海湧溢出結歸規丸的
心肝　親像一隻海翁孤單
出帆　游向海洋　游向
福爾摩沙……

上岸　三林港邊
山崙佮溪水親像浮水蓮花
先祖跍落來　入海去掠魚
隨著海水的波浪　駛到福海去揣夢
日時　聽海鳥苦悶的叫聲
暗暝　看孤單天星閃閃爍爍

世世代代的囝孫　車拚落去
浮浮沉沉的海湧　親像
多變化的無常人生

耕溪埔　牽罟　插蚵園
曝月光　星光　竹排做眠床
風飛沙中來拖磨　海風大
雨佮鹹鹹海水的波浪變成湧
有時　港口的穀倉變溪門
討海人　攏是賭命心頭酸
操勞過度嘛無人相借問
感覺　海水佮溪水攏冷霜霜
代代　粒積為著顧三頓

二、

二百外年日子　實在真長
福海的沙坪　插滿珍珠蚵園
鄉親　才有一碗白米飯
黃昏　海鳥飛轉去揣眠床
阮踮　海岸頂看日頭輪入海中央
蚵車　一台一台駛倒轉
為著保護西海岸　潮間帶
陳明章　彈琴唱起
濁水溪的日頭　覕佇咧哮
阿達　濁水溪出代誌
林梵　賴和行街頭
吳晟　只能為你寫一首詩
大家用詩佮歌做銃子　射向
資本家欲飼養　彼隻

國光石化的　怪奇禽獸
驚工廠的廢水佮烏煙
汙染　福海清氣的海水
驚走　佇福海咧泅的
海豬　有人講伊會轉頭斡角
真是　白賊七的口白
逐家嘛唱起　媽祖魚的歌……
保庇　毋驚海湧的波浪
台灣人　勇敢向前行　共同
喝聲　反國光才法度保海洋的性命

三、
一九五八年的八月
烏水溝　海湧激起了大浪
五星旗的銃子　飛過

台灣海峽　撞入青天白日的
金門　古寧頭的彼場戰爭
暗時　銃子若流星飛來飛去
咱的國軍佮人民　毋驚死
度過　台灣海峽銃子相閃的暗暝
解放軍發動的這場　戰爭
用三暝三日　全力拍咱金門
美國的　海軍第七艦隊　駛入
予銃子　滾絞起波浪的
台灣海峽　阻止惡質的共匪
佔領金門　解放台灣的野蠻心機
單拍　雙停的日子　軍民
全心協力度過艱苦的烏暗暝

二〇一六年底　咱的蔡總統

訪問　中南美洲的時陣
阿共仔　五星旗的遼寧號
軍艦以耀武揚威　的屈勢
用龜的速度　匀匀的
泅過　台灣海峽　激起
烏水溝海水的波浪　咱的
戰鬥機　飛佇半空中
雷達的目睭　詳細咧監視
真是　歹戲閣愛拖棚
這款　惡霸的歹厝邊
受威脅的恐怖佮悲哀
世界的人　攏嘛知知
連美國總統　川普
嘛講　台灣總統　蔡英文
逐家　攏嘛愛知影

台灣　一个民主自由獨立的國家
咱是一隻　毋驚海湧波浪的海翁
飛入　擴闊世界的海洋……

——《台文戰線》四十六期，二〇一七年四月

13 蘭嶼的日出

日頭　漸漸浮出海
媠款的木板船
歇佇　海岸邊等待出帆
船的目睭擛頭看海佮天
彩色的天佮海親像雙生仔

日頭佮船艙頂（tsûn-tshng）　彼粒
船的目睭成雙配對
予阮　想起達悟族的飛魚祭
海上的飛魚親像咧射箭
射過來　飛過去

——《聯合報・副刊》二〇二〇年一月一日

14 百果山跤的林仔街

百果山　果子濟
春天來　蝶仔四界飛
飛入出產鹹酸甜的　林仔街
古早時　平埔番的土地

清朝時　漢先民三大姓　來耕地
曹張江　耕田園　種希望
施世榜開水圳　林先生來幫忙
起興賢書院　造粟倉　教育子弟做勢人

林仔街水果芳　桃仔李仔來加工
蜜餞生理好　逐家心情真輕鬆
若講員林第一街是　拍石巷
若講過去水果上出名是椪柑
阮先生　施福珍招咱〈來員林食椪柑〉：

來來來，來員林食椪柑，真正好食，真正出名。來試看覓，鹹酸甜，人人呵咾，員林水果，李仔哥，王梨嫂、酸葡萄，時計果，來食員林的水果。食員林的水果。

連日本作家西川滿嘛寫詩來呵咾，〈員林的女人（查某人）〉：

員林日頭光焱焱　員林查某受人疼
員林查某嬌噹噹　手挽椪柑囥入籠
查某囡仔好笑神　烏溜溜目睭圓輾輾
行路輕　輕輕　使目箭險險予阮來失神

光明街早期叫做「竹廣市」
民生路到南昌路古早攏咧賣番薯

這段叫做「番薯市」

番薯葉仔用來咧飼豬
細漢食番薯飯　無摻米
大漢用　番薯來寫詩

林仔街是囡仔歌的故鄉
阮唱　打馬膠，黏著跤
你唱　秀才騎馬弄弄來
伊唱　大箍呆，炒韭菜
逐家來唱　羞羞羞　捾籃抾泥鰍

員林是一个好城市
上界出名是歌詩佮美女
百果　芳芳芳　食袂了

提來做加工　病囝查某
上愛　食這項
逐家來唱歌佮唸詩
唸詩　心頭真輕鬆
唱出有水準的　員林人

——為員林漢心舞團寫的序詩

註

1. 蜜餞：鹹酸甜，李仔鹹。
2. 西川滿：西川滿（にしかわ·みつる，一九〇八年二月十二日～一九九九年二月廿四日），生於日本福島縣會津若松市，台灣日治時期的作家與文藝工作者。
3. 施福珍：施福珍（一九三五～）創作四百多首台灣囡仔歌，被稱為「囡仔頭王」，出版《台灣囡仔歌一百年》，並與康原共同出版《台灣囡仔歌故事》四冊。

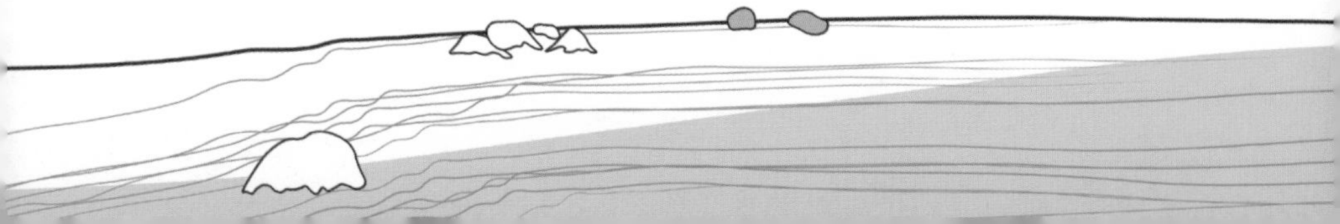

15 壢西坪的舞會

壢西坪頂　四季隨時
攏是挽果子的好時機
無仝時　各角頭有水果的舞會
男男女女　攏是雙雙對對的伴侶
行春人客　上坪頂喝新年恭喜

三月四月　桃仔李仔來相會
七月的時　葡萄甜甜甜
八月　水梨圓圓圓
十月以後　滿樹頂生滿黃金色的柑橘
到過年後的三月　攏是挽果子的好世代

正月時　田底草莓紅記記
果子　現挽現食上趣味
細粒的柑仔蜜　甜鮮閣甜

這馬　是休閒農業的天年
坪頂　開舞會食水果閣吟詩

16 龜山島

游佇台灣北部海洋的　彼隻龜
永遠接受大風海湧來挑戰
是真濟人心中美麗的形影
逐工　聽海湧佮鳥隻的歌聲
有時　雷公閃爍叫著伊的名
恬恬屈守著這片海洋佮蘭陽平原

撥開雲蕊　看見日頭的日子
騎龍騰雲駕霧的　觀音媽
慈悲　守著這粒龜山
觀音後面的火山岩真媠款
特殊的地質藏有　冷泉
這是龜山島的性命之泉

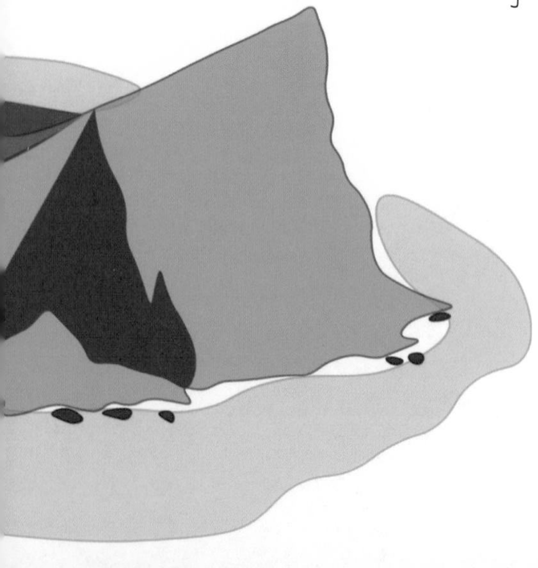

17 耕咱兜的田園

——寫予「磺溪文學營」的朋友

對半線行過磺溪到彰化的這塊田園
攏種外來的植物　粗枝厚葉蔭影崁頂
原生種子煞袂發芽　失去台灣人的志氣
拍見土地的靈魂　不肖的囝孫心目中
有黃河攏無賴河　日治時期
和仔仙　拍開台灣新文學的門窗
引進　民主自由新觀念　教咱
喙舌佮筆尾合一　寫出低氣壓的山頭
擇一枝秤仔佮警察捙拚　喝著勇士應為義鬥爭
種入公理佮正義的種子
發出批判佮抗議磺溪精神

今年創辦磺溪文學營　招兵買馬
白沙山莊聽作家講　芥川龍之介
人生　不如一行波特萊爾

嘛聽　詩人講起　人生
不如一首歌　由歌進入詩的境界
創作　心內婧氣的景緻形象
看地景　寫家己想出來的句讀
學小説家　寫批予麗雅的形式
安排　推動故事趣味的情節
𤆬咱進入　奇幻漂流的電影世界

對大江大海的　批判到
彭蔭剛　刊佇報紙的彼張公開批
提醒台灣人思考轉型正義　講起
血璇石佮血樟腦的小説　探討番仔膏
存在虛實　了解小説比歷史較真實的內涵
若時代性佮社會性　愛學習施叔青
行過洛津　小城精彩的劇情佮技巧

真幼路　留下鹿港歷史文化的記持

文學　生活對話感動情緒佮新觀念
無論　阿爹飯包內的菜脯
阿母頭殼頂的白頭毛　阿公的彼支薰吹
姊夫愛弄的彼仙　布袋戲尪仔
衝突無相仝立場　攏是文學上好的題材
生活細節　定定是詩的目睭
地誌的詩　愛有空間佮个人深度的歷史
以空間象徵人文　以人文引導空間
意象的選擇　意念的表述　意境的傳達
攏是做一个詩人愛修練的　功夫

日頭　赤焱焱的下晡咱蹈上山頂
彼條文學的路　向土地學習謙卑唱著

南路鷹，一萬死九千的歌詩　相思林
亨泰的蟬吼　予啥物挾著？樹枝頂有哭聲！
坐踮蓮花頂的佛祖
看袂著予空氣薰甲霧嗄嗄的鹿港海洋
行過三百六十度圓形的時間　文學年表
有古早先賢的跤印　文學的路兩爿樹跤
詩人的名佮詩牌　陳肇興　洪棄生　謝春木　王
白淵……
毋知咱的後代知影個的名？
佮先賢過去寫詩的心情？
佇賴和　前進文學地標前　做陣翕相
下願　為土地拍拚咱兜田園家己耕袂使放咧抛荒

——刊登《重生》序詩

18 漁人碼頭

碼頭　真濟魚兵蝦將迎接人客
堀仔底　快樂耍水的海豬
廣場　討海人牽罟辛苦的屈勢
這馬有　白色希臘風格的厝宅
海底的蚵園　一坵閣一坵

碼頭　坐船飛出海去
風咧捲　魚咧跳　日頭光照船艙
外傘頂洲的蚵仔煎佮海產　等待你
東石　漁人碼頭的面腔
海洋生活予觀光客的　新花樣

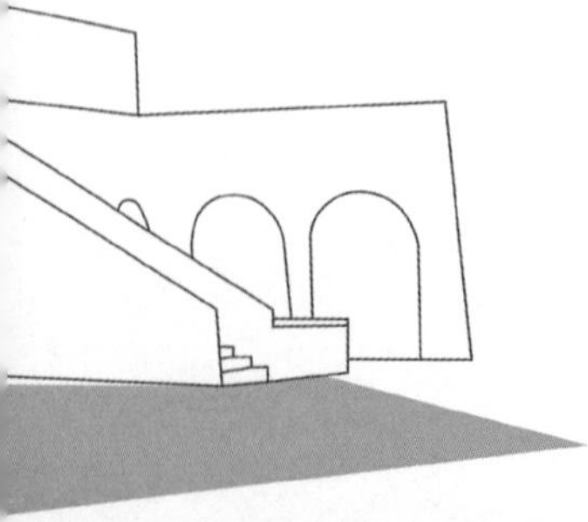

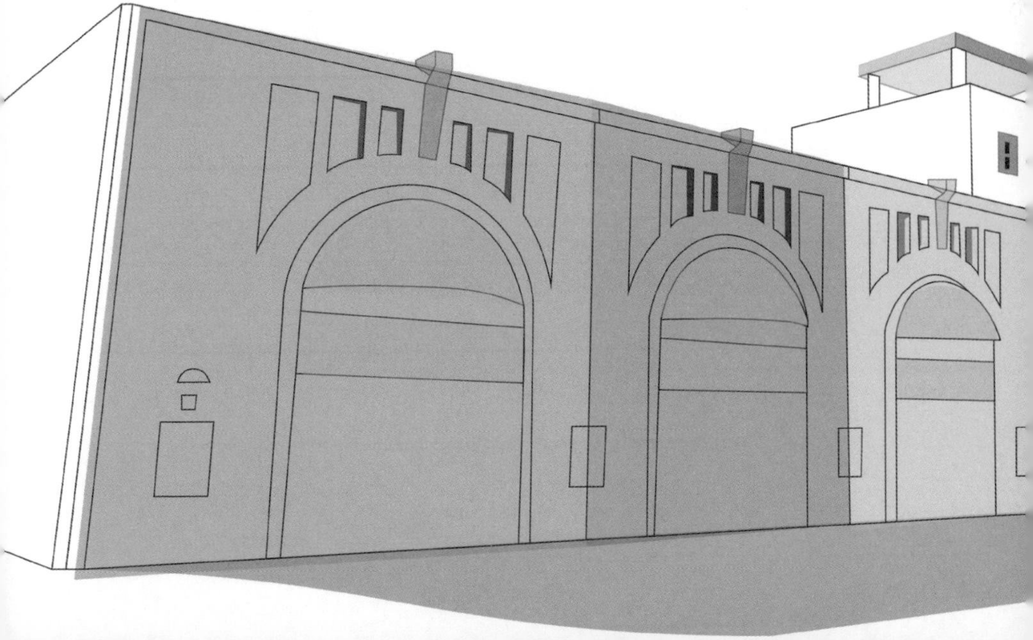

19 卡拉OK的旅途

走揣　西拉雅歷史佮文化的旅程
坐踮遊覽車內　罐頭的噪音
樂聲　親像牛車駛落崎
喝天的情歌　叫地的悲戀
敢是一陣　退休老師的心情？

窗外　落雨後遠遠青翠清靜的山頭
一蕊一蕊　寫詩的白色雲彩
輕輕幫助藍色的天　畫目眉
卡拉ＯＫ的車內啥人有心　欣賞恬靜的大自然？
阮家己享受　車窗外流動多變化的山水景緻

行入　台灣第一埤的虎頭
像貓的虎頭石雕廣場　紹介
對西拉雅到日本國旗　淪落

紅唇本是進入神社前　淨身
這馬　變成咻咖啡看湖水的所在

無改變過伊的　面腔
恬恬　無講話倒佇水面
水橋虹影　佇虎頭埤好名聲
看水門的飛泉慢慢流入咱的田園

拄到　虎頭埤阿勃勒的生態季節
對樹頂飄落來　浪漫閣美麗的黃金雨
親像　一首一首有畫意的情詩
湖中　坐船遊湖的旅客
看雲無心的出岫　觀水中波動的樹影
唱著　關仔嶺之戀　行入歌聲中

嶺頂春風吹微微　滿山花開正當時
蝴蝶多情飛相隨　啊娘呀對阮有情意
來到碧雲寺　看著無雲的天色青青
想起吳晉淮　佇菜園練歌出頭天的過去……

水佮火本是無仝門
關子嶺水火踮仝庄　無煙嘛無燄
形成　仝源相濟的水火
招來　世界各地的人客
樹影下跤　納涼相交陪閣講笑詼

嶺上笠園詩人　陳秀喜
詩是伊的神　嘛是伊的趣味閣真理
台灣第一女詩人的　陳姑媽
傳統社會中的奇女子　代表作〈台灣〉

編成〈美麗島〉的曲　歌聲流行到京城

西北雨　落佇白河的蓮花田
賞花的人　覕入賣蓮子特產的店內
揣著　有清芳的風味餐
啉蓮花茶　配蓮子酥
聽雨聲　想起東山的鴨頭上出名

這擺的　走揣西拉雅的旅途
車內　親像拚歌的舞台
攏無聽見　導遊對地方文化的紹介
佳哉　阮帶著一本旅遊手冊
予阮　對各地頭的了解

——《台文戰線》二〇一八年七月十六日

20 鯉魚潭邊的石虎

彼工　去壢西坪下跤的
鯉魚潭邊山林內　拄著
一隻目降鬚聳的石虎
形若貓　掠人金金看

予阮想起有人稱呼伊　豹貓
金錢貓　頭額有兩條白色紋路
穿一領　黃褐色花仔衫
台灣山林內的精靈寶貝

註

1. 拄著：tú tio̍h，遇見。
2. 目降鬚聳：ba̍k kang tshiu tshàng，面目猙獰。

輯二

賴和的相思

21 夢

佇日頭赤焱焱的國度
追著台灣人四百年的歷史
明明白白記著左心房
受外來壓迫的苦痛
一代一代做奴才的屈辱

一碗一碗的麵湯中
浮出　一粒一粒獨立的
夢　番薯毋驚落塗爛
青葉　湠甲滿山坪
有志氣的囡仔啥物攏毋驚

這欉近百年的神木
白泡泡的頭毛佮喙鬚
寫滿世紀的風霜

台灣人　心目中
福爾摩沙的靈魂……

——寫於二〇一六年十一月廿六日於香山康園；發表《台灣現代詩》四十九期，二〇一七年三月；重刊《台文戰線》五十七期，史明紀念專輯

22 賴和的相思

一九三〇年　鄉土論戰的時陣
先賢有講　舌頭佮筆尾愛合一
用家己的手寫家己的　喙
和仔仙佇一九三二年　伊寫
相思歌　為著等愛人
心頭亂紛紛　心情悶悶悶

規暝　星稀微月走去覕
風真涼　露水凍吱吱
相思樹下　孤孤單單　等無愛人來做伴
相思　啊　相思　恨無身軀生出翼股
飛入　愛人的房間內
鬥鬧熱走唱隊　開出　一條歷史民歌的　河
每年的五月二十八日
唱出詩醫賴懶雲的心聲

佇低氣壓的　八卦山頂
複習　日頭光曝的疼痛
南國哀歌　屠殺的悲慘
蔗農　覺悟下犧牲的心情

佇一个無星光的　暗暝
兄弟手牽手踮烏暗中　前進
毋管　透大風　落大雨
雷公　閃爍 Pin póng kiò
逐家共同喝著
光明前途佇咱的頭前
前進　前進
這就是阮對和仔先的相思

——《台江台語文學》三十一期

23
百鳥朝梅
掃祖師

長福巖上　烏面的清水祖師
十八世紀對中國　一葦渡海過台灣
落籍三角湧　一九四七年
三峽　冷霜的風中有一欉梅樹
種入　祖師廟的內底　焉（tshuā）來
一百隻名貴的鳥隻　創造出
台灣人　高貴閣樸實的心靈

日本留學的畫家　李先生
佇祖師廟第三次改建的時
籤詩飛來跤邊寫著　頂上一枝春
暗示　梅樹接任廟宇改建責任
在地人為家己鄉親做代誌
用伊的觀點　招台灣的藝術大師
共同打造東方的藝術廟堂

將日本鳥居拆落的大木材
刻成一百隻鳥仔的兩支梅柱

梅樹招藝壇大師予飛羽入廟堂
陳進的暗光鳥（夜鷺）　郭雪湖的喜鵲
黃昌惠的釣魚翁（翠鳥）　陳慧坤的綠頭鴨
陳丹誠的八哥　林玉山的白翎鷥
木雕大師李松林　黃龜理攏留下in的作品
真濟寫袂了的先輩……
成就三峽祖師廟　有鳥廟雕刻的藝術

這間　台灣先輩打造的雕刻博物館
祖師廟　咱來走揣台灣人的藝術英雄
廟中　有對中國來的傳說故事
有台灣人生活中的民俗文化

充滿台灣人的價值觀念
是認捌台灣人的心靈故鄉
咱袂使看輕家己　對台灣這塊土地
愛有信心　有愛念　有責任　傳承落去

——《台江台語文學》二〇一八年十一月

註

當李梅樹思考要不要接重建三峽祖師廟時，廟中突然飛來祖師廟的一張籤詩，落在他的腳邊。他拿起來看到籤詩寫著：「現出一真人，便是玉麒麟；天上龍吐水，頂上一枝春。」解籤人告訴他籤詩該是神明的意旨，於是他就接下重建的任務，有生之年都是為了建造這間祖師廟。

24

一九八九年的春天

彼一年　烏暗的三更半暝
孤單的路燈　點火
燒去　犯著藍色禁忌的
百分之百　講話的自由
主張　台灣新國家的

你用性命　展開
台灣民主自由的　花蕊
用火　燒醒驚惶的
台灣人　追求家己國家的
春天

——《台灣現代詩》二〇一七年

25 金水嬸的身影

——數念作家王拓先生

彼年　你來彰化師範大學台文所
作家現身　講著文學實踐佮政治參與
江湖氣口的屈勢　有飽學文學教授的派頭
予阮　想起當年高雄美麗島事件
楊青矗佮你　予冤屈入獄的遭遇
出獄後　嘛是一个好漢

溪州中畫　清芳的羊肉爐強強滾
種樹的詩人翁某　熱情的講著
個兜《農婦》過去的點點滴滴
講著　平地造林的一寡代誌
阮閣想起　你八斗子漁村生活
金水嬸　老年時悲涼的身影

彼日的暗暝　咱佇烏雞公

會餐　設宴的葉教授載你
坐高鐵的火車　轉去台北
無想著　這是咱最後一擺的鬥陣
二〇一六年八月　你離開咱的土地
行向西方的極樂世界……

看著　咱做伙翕的相片
阮閣　想起你的小說
獄中寫的　《台北．台北》
牛肚港的故事中的　覺醒
望君早歸中罔市的　正義
可惜　袂當看著你最後無完成的長篇……

——《文訊》三九七期，二〇一八年十一月

註

1. 二〇一三年四月三日應彰師大邀約，到學校演講〈我的文學實踐與政治參與〉，演講之前到溪州拜訪詩人吳晟。
2. 《農婦》，詩人吳晟的散文集。
3. 二〇一六年八月九日，王拓因心肌梗塞辭世，享年七十二歲。

26 魯冰花身影

——敬致小說家鍾肇政先生

佇二千萬區田內　播出
稻穗　開著台灣人有志氣的故事
踮魯冰花　茶園掠蟲的
囡仔　行出咱花開的春天

艘過　川中島霎霧中的
戰火　賽德克巴萊的勇氣
若　插天山之歌　懸度
衝向　天邊的彩虹橋

歌德激情書　的結局
你編織著多彩的情夢
佮世界級大師　對話
身影　種入福爾摩沙人民的心

——《吹鼓吹詩論壇》三十四期，二〇一八年九月

註

1. 二〇一五年五月三十日至三十一日，在靜宜大學召開「鍾肇政文學國際學術研討會」，將鍾先生二千多萬字的作品作兩天的學術研討。鍾肇政先生完成《歌德激情書》小說後就封筆了。九十二歲的鍾老師整整兩天，坐在研討會現場，聆聽學者的討論並答覆與會者的問題，那和藹可親的表情與喜樂的身影，令人難以忘懷，以詩記之。
2. 詩中「魯冰花」、「川中島」、「戰火」、「插天山之歌」、「歌德激情書」等語彙為鍾老師著作書名。

27 相思

——敬悼詩人林梵先生

前日　去靈堂共你拈香
為你唸著　無常經
茫茫的煙霧中　出現著
你咧講　賴和相思歌的形影
說明著　擛反抗大旗的
勇士當為義鬥爭
賴和　行街頭佮關監牢的代誌

法師帶領家屬佮阮唸　心經
普賢菩薩十願大王　迴向
你　愛放下萬緣
離苦得樂　往生淨土
靈堂頂你彼張　相片
親像和仔仙的分身
以後　咱佇陰陽兩界唱和仔仙的

註

1. 二〇一八年十二月四日下午，詩人陳潔民開車載我及內人去台南，為林瑞明教授拈香，剛到靈堂時來了兩位法師，我們與家屬、師兄姊們一起為林教授誦《無常經》、《心經》、《普賢菩薩十願大王》等，迴向瑞明教授萬緣放下，往生淨土！
2. 開拓：khai-thok。

相思　性命親像一條長長的河流過去

你的一生　走揣和仔仙的跤跡
傳承為公理正義的磺溪精神
為抗議的小說家　楊逵畫像
種真濟　硩袂扁的玫瑰花
為台灣來拍拚
開拓著台灣文學的路
做出　台灣文學的歷史考察
台灣文學佮時代精神　帶入
國立　台灣文學館去推廣
做一个真適當擛頭旗永遠的　館長

——《吹鼓吹論壇》三十六期，二〇一九年三月

28 鹽埕的記持

——記顏聖哲的藝術觀

佇故宮博物館的　畫中
看著　虛虛迷失的雲霧
是夢　只有故鄉的土地
日頭光是愛　袂使缺少的
鹽

家己土地上的　山山水水
阮用真濟　關心的眼光
藝術技巧多元的　視點
掠　天地人中的氣動入
畫

——發表《柚鄉飄香》

29

犇牛

——詩寫藝術家 謝里法先生

對原色到紫色的　浪漫
大稻埕　呂家少年踏入謝家
缺血的囡仔年代變成夢想的童話
走揣豐富彩色的心適　人間
五月飛入　燈光閃爍巴黎的沙龍
佇羅浮宮啟示著藝術的性命史
追求著美術的風格佮歷史
組織台灣人的　巴黎三劍客

用變奏的人體行出藝術的春天
聽熊秉明分析　林亨泰的風景
悟出三度空間的雕塑秘訣
咻著咖啡　掠巴黎人生活的面腔
毋管是東方的留學生
抑是　蒙巴納斯街頭的攤販

攏浮出門內門外的　畫布
佮玻璃箱內的愛情故事

紐約藍色的　天空下
揣出文化殖民走向獨立的路途
追隨　王白淵的跤步
重建　台灣美術運動史
發現台灣失蹤江文也的音樂旋律
予逆流湮沒的台灣先賢
重新出現佇台灣人的心內
變色年代失蹤的獻馬圖重出江湖

八十歲的台灣牛　牽出
牛犇牛　犁著家己的田園
自覺　甘願做牛來拖車

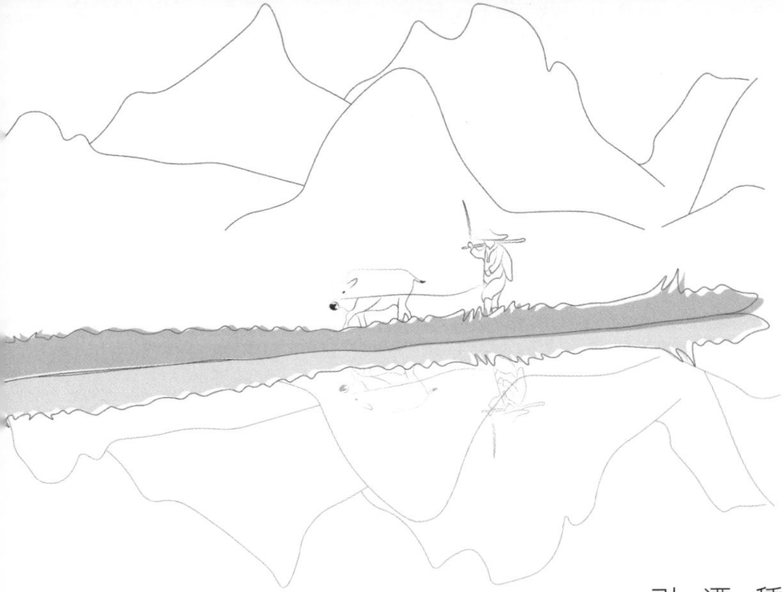

上山種一欉一欉樹仔
將流浪海上的木材
種入鹿港邊福寶的海埔　成做
漂流閃光的明顯地標
引領　迷航的台灣人回鄉

——《文學台灣》一一〇期，二〇一九年四月

30 月明星閃下的身影

蔡家 譜一首皮鞋相思曲
鹿港囡仔瑞煙配吉子
兩人少年時 親像一雙鞋
翁 正跤若行出去
某 左跤著來相隨

店裡 兩人是形佮影
查埔人 攑（giàh）針線刺皮鞋
查某人 拭皮鞋兼買賣
形影 日日夜夜攏是鬥陣行
創出 月星皮鞋的好店名

厝內 頭喙一大堆
賣皮鞋 晟養（tshiânn-ióng）全家
後代國洲 骨力咧拍拚

金可光學眼鏡　全世界好名聲
蔡家這馬為目鏡走千里　囝孫為鞋仔思相枝

——《小鹿兒童雜誌》夏季號，二〇一八年八月

註

金可眼鏡董事長蔡國洲一九八五年於設立「金可眼鏡實業股份有限公司」，製造各類高級光學眼鏡架及太陽眼鏡。如今成為台灣光學眼鏡製造大廠之一。

蔡董事長父親蔡瑞煙、母親蔡許吉子，開設「月星皮鞋店」，從母親身上耳濡目染學到待人接物的方法，他說：「母親教我做生意、跑業務。」又說：「父母扶養六個孩子，靠母親借錢才能繳學費，家裡只有老大才能穿新衣，弟弟都是撿舊衣服來穿。從小，蔡家從沒圍在一桌吃過年夜飯，因為除夕夜生意好，爸媽忙著搬貨，孩子幫忙客人試鞋。蔡國洲從小就知道，要像媽媽一樣臉笑、嘴甜、腰軟、手腳快，客人才會來交關（光顧）」。

如今蔡國洲進軍中國，年產量達六百萬副，奠定亞洲光學眼鏡供應鏈龍頭的地位，早年父母是鹿港販賣皮鞋的小商店，為了感念父母養育之恩，特邀雕塑家余燈銓塑像、詩人康原寫詩紀念。

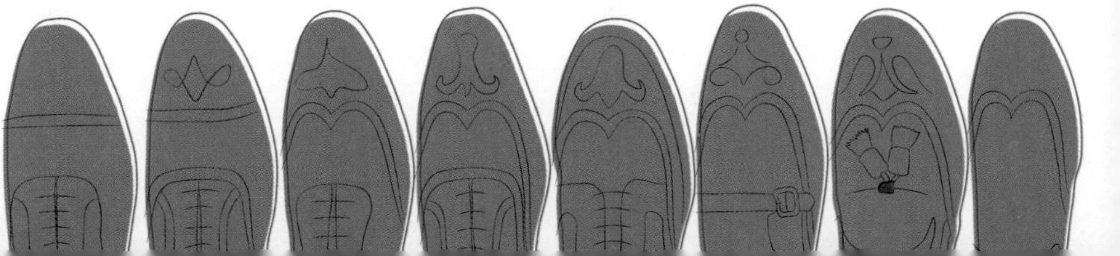

31 心酸酸

——予小說家鍾逸人

予白色恐怖年代的囚房　冷禁
關過十七冬的　鍾先生
少年時　受楊逵牽教佮影響
擔任二七部隊的隊長
一九八八年的時陣　才透露出
受壓迫鬱卒六十年的　心酸

佇咱的土地台中　點起
黃　綠　紅色的光名燈
代表著夢想　和平　熱情
鍾逸人　黃金島徛踮碑前
見證二七部隊勇敢的精神
這座紀念碑是夢想真正展現
提醒台灣人愛有勇氣佮正義
愛做家己國家真正的主人

自由　民主　人權
咱台灣人普世的價值
番薯毋驚落塗爛
先賢代代咧追求的美夢
心酸的　拍拚的前輩
恁流過的紅色血水　白色的汗漬
演著　咱台灣悲慘的運命
下輩　敬佩佮追求的大愛精神

——《文學台灣》一一一期秋季號，
二〇一九年七月

註

二七部隊，在台中地區於二二八事件發生當時，由鍾逸人、蔡鐵城、黃金島、古瑞雲等中部地區各方人士，所共同組織領導的反抗國民政府的武裝民兵組織。「二七部隊」隊長鍾逸人，於一九八八年出版《辛酸六十年》專書。

32 古雎伯仔

細漢　穿開跤褲
鹿港巷底廟埕的　囡仔
耍珠仔　樹奶　跳箍仔
擽頭　看天頂的七爺佮八爺

大學讀體育系　搶速度
食飯　肥肉才吞落肚
一塊嗲咧哺　一塊
挾到半路　一塊目睭咧顧

這馬　用玻璃造大廟
予大船運財寶　入港
開護聖宮　保庇慈悲的
媽祖魚踮大海　游來游去

——《自由時報》二〇一九年十月二日

33

佇卓蘭，想起詩人詹冰

彼工　佇寨酌然露營的暗暝
想起你佈田佮迌迌的詩
佈田　用水田做鏡寫田中的倒照影
實佮虛　描寫生活中的禪味
迌迌　反映囡仔天真的心適代
這兩首囡仔詩是阮對你的作品上深記持

若講起你的〈自畫像〉佮〈水牛圖〉
烏面閣發兩支尖尾角的水牛
用含有目屎的目睭看天頂白雲
透露著水牛為土地拖磨的心酸
自畫像踮佇星佮花包圍的宇宙中
流出來的目屎親像開闊的海洋

註

詹冰名詩〈遊戲〉（迌迌）、〈插秧〉（佈田）、〈自畫像〉、〈水牛圖〉。

34　恬恬佮勤儉的畫家

——予好友陳久泉的詩

有一段長久時間　伊恬恬
隱遁佇台灣後山　太平洋邊
深山林內　吞吐著山光水色
聽　一陣一陣海湧的吼聲
修持家己的身體佮心靈

每工　用五花十色的彩料
刻著有个性佮骨氣的線條
吹著　變化莫測的山佮海的風
染出　深沉佮高雅的藝術性命
養育天地間泉湧的　好德行

——《台灣現代詩》六十一期

35 數念詩人王灝

一、

舊年好友相揚敲電話予我　講你
離開埔里　行對天堂去
敢是　去揣你的牽手
講著　伊離開了後
恁兩人　踮天地間相思
孤單寂寞苦度日子的滋味？
彼个時陣　你講定定夢中牽無伊的手
三更半暝　想起伊的溫柔……
你怨嘆　予命運拆散的
鴛鴦　孤單留你踮世間沐沐泅

二、

想起　當初咱熟似
你踮佇埔里　燕拾林邊的

不雅齋　多才多藝少年家
人人稱呼你　草地狀元
會寫詩　勢畫圖　筆尾若刀利劍劍
後來　咱做伙創作
台灣囡仔的歌
阮寫歌詞佮故事　你畫一張一張的
插圖　無論是〈迎媽祖〉抑〈弄獅〉
鑼鼓八音　對你的圖中行出來
〈送定〉〈嫁娶〉〈安神位〉〈收驚〉
予阮的歌詞　聽著聲閣看著影
你評論　阮的作品　《最後的拜訪》
講阮為　對唯情到入世
講阮是　文壇多爪魚
你的句讀　定定予評論者
引用　做論證的話語

你講阮的冊《懷念老台灣》是：
敢知歷史場景的風土人情
有常民生活的悲歡

你真正是　文壇的先知
莫怪　文學史評論家陳芳明講你：

佇文壇上，真少引起注意
特立獨行的風格
完全表現在伊的文字藝術

伊的話予阮想起《詩情王灝》冊中
〈南投竹〉家己比喻的詩：

青色是阮天生的堅持
為著土地的優美
……
性命的意義
是一心一意向上天
選擇南投曠野佮山邊
阮相約來釘根
……
有阮就有一點清涼意
直接　嘛是阮的一種堅持
空心　卻是阮的一份謙卑
堅持　是因為阮要做山野的上青
謙卑　是南投竹的自然味

三、

會記得舊年三月初五　下晡時
是你　歸天的日子
攏無向朋友弟兄來相辭
阿萬兄　你攏無回頭
行向　西方的極樂世界
行去　揣你的牽手
以後　阮若想著你
會去　面冊頂
聽你的聲……
看你的影……
想你的名……

——《文訊雜誌》三六六期，二〇一六年四月

36

畫家佮柚芳

麻豆　出世的大畫家
手撆　彩筆刻出鹹菜桶
畫出　文旦柚花的清芳
下營　紅毛厝庄出勢人
顏水龍是聖哲的長輩
開發台灣　藝術的新天地

顏聖哲　墨色佇充滿古意中發新穎
用色彩的韻律為台灣大地　吟新詩
淡水暮色飛入　水雲之間
寶島采風佮心靈的畫語
受著　吳三連文學獎的加持
向伊致上　最誠摯的敬意
聖哲　顏子後代的子嗣

傳承著水墨　江兆申大師
油彩踮佇　龜山島出著日頭光
作品　充滿著土地的記持
用台江風雲的歷史　色彩
為海翁的面腔來梳妝

畫日月的光華
畫山水的靈性
畫樹木的深情
畫彩色的人生
顏彩中藏聖道
文旦芳有哲理

——發表《柚鄉飄香》

37 壢西坪頂的藝術家

——余燈銓生活雕塑家園

離開　城市富貴的生活方式
覕入壢西坪山林內看雲的　變化
用姑婆芋葉來遮雨　踮園區灌杜猴
騎富士霸王的鐵馬　踮山崎
佇坪頂看鯉魚潭的山光水色
雕塑作品是囡仔時代的　夢
想起創作夫人大身大命的腹肚
用孕婦系列建置甜蜜的家庭
借細漢的生活寫出歷史文化

招意大利米蘭的藝術家
路跑樂（Paolo Rui）蹛入壢西坪村內
為社區創作　來自土地的一張批
用伊西方的插圖技巧
畫出太極的陰陽雙魚

當西方的現代拄著東方的傳統
路跑樂對　鼠牛　虎兔　畫到猴狗豬
伊的十二生相造型有創意閣趣味

掌中提著汁飽滇的水梨
想家園　卓蘭壢西坪的好滋味
遮的水果是無毒的耕作
嘛無添加生長的激素
有農民自然成熟的堅持
用愛心牛奶酵素來加味
予梨園的果子生媠閣鮮甜
逐家食甲　笑微微　笑微微

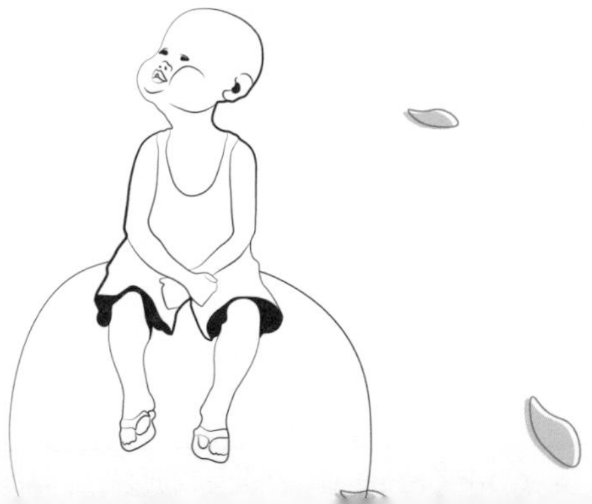

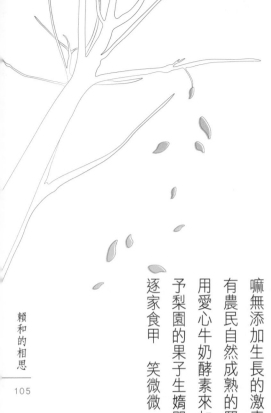

38 油菜花

無法度選擇土地的　菜子
飛入山跤佮海邊的田園
畫出　一片媠款金黃色的海洋
蝶仔一陣一陣　隨風覕入花叢
戲弄著　青春正當開的花蕊
笑吻吻的菜子花　攏無講話

無真顯目的一欉一欉　菜子花
互相扶持　實實在在活佇世間
恬恬大漢　無啥物驚人的沖天志氣
匀匀開花　聽著水溝內的幽怨的歌聲
黃昏時　看著一攤一攤的白翎鷥
飛向　有彩色虹橋的田庄
油麻菜子　飛入葫蘆墩圳邊的田園

開出紅顏薄命的心酸
菜子花　成做大墩城的光輝
英靈的花　變成兩性之間協調的神明
悉引一群一群失去自我的菜子花
飛向家己歡喜地田園

——《自由時報．副刊》二〇一九年一月十五日；
收錄路寒袖主編《花蜜釀的詩》（遠景出版）

註

《油麻菜籽》一書是出生豐原的小說家廖輝英作品。

39 小鬼仔殼

社會人　定定戴小鬼仔殼
這種虛偽的面腔　真假
予人看袂清　內心的世界
一般的人　攏真討厭

一九八九年　冬天的一个暗暝
佇盧修一　周慧瑛選舉造勢會場
高俊明牧師帶領著民眾　為台灣祈禱的時陣
台北中和廣場上　幾千人戴上烏名單的小鬼仔殼
電火化（hua）去　有烏名單面腔的郭博士
搬演　台灣民主運動傳奇的一齣戲
逐家喝出郭倍宏……郭倍宏的……名字

這擺烏牢運動的　小鬼仔殼
拍破　海外烏名單的禁忌

註

1. 小鬼仔殼：siáu-kuí-á-khak。面具的意思。
2. 一九八九年十月，郭倍宏偷渡返台，國防部參謀本部參謀總長郝柏村甚至發出十二張通緝令追緝郭倍宏。十一月廿二日晚上，在台北市各大橋樑都有軍警把關路檢下，郭倍宏公開出現於台北縣中和市綜合運動場的盧修一、台灣省議員周慧瑛政見演講會。在燈光暗下來的那一刻，郭倍宏現身召開中外記者會。郭倍宏面對上萬熱情群眾演講，表示闖關回台最主要就是「推翻國民黨，建立新國家」。在演講完後，郭倍宏在底下群眾戴上「烏名單」面具下，順利脫逃成功，形成一股「郭倍宏旋風」的傳奇事件。如今回台組織喜樂島聯盟，又任台灣電視台董事長。

少年緣投閣巧氣的郭博士
經過　鮭魚轉鄉行入中年的年紀
這馬　轉來組織喜樂島聯盟
為咱拍開　台灣的目睭
看清楚　變空政治術仔的原型

人生的意義　袂使予小鬼仔殼嵌去
咱的理想繼續追落去
何時　才真正是
台灣　有國家主體性的天年？

——《文學台灣》冬季號，二〇一八年十月

40　一張支票

開一張支票予爭取台灣民主自由
美麗島上的　鄉親　兄弟　姊妹
結合鄉土意識　提升台灣人的靈魂
寫佇　支票頂的名字
變成　釣漁人監視的浮動

陳教授佇美國匹茲堡翻譯
英文版的　美麗島雜誌
踮台灣佮親情朋友進行民主政治
改革　伊佮某囝遊覽故鄉的時陣講著：
台灣的山才是山　台灣的水才是水
對台灣的情　對台灣的愛　變成
伊予失蹤　受凌遲死亡的原因
獨裁者　國民黨𤆬走一个活人

還予家屬　一具冰冰冷冷的屍體
台灣大學的校園內　有冤魂咧飛
天頂的星看著　月娘嘛有看著
有台灣心的人攏看有
予出賣　予壓迫的台灣人
性命的悲苦佮冤情……

註

1. 焉：tshuā，帶走。
2. 陳文成（一九五〇年一月三十日～一九八一年七月三日），生於林口鄉（今新北市林口區），密西根大學博士，曾任美國卡內基美隆大學統計系助理教授，長期關心台灣民主運動，捐助《美麗島雜誌》，而遭到國民黨政府關切。一九八一年返台，被警備總部約談，次日即被發現陳屍於台灣大學研究生圖書館旁，被稱為陳文成命案或陳文成事件。

41 雨，落佇壢西坪梨仔園

雨　落佇土地肥肥的壢西坪
雨　落佇青青青的梨仔園
雨　落佇圓圓大大的水梨頂
梨仔　甜甜甜
雨滴　圓圓圓
壢西坪的鄉親　笑微微

淅淅瀝瀝的雨滴拍佇布篷頂
露營的詩人聽雨聲的旋律
浪漫的音樂節奏落佇　心肝頭
對暗頭仔落到三更半暝
雞啼的時　予阮想起
卓蘭詩人詹冰　連日大雨彼首詩

輯三

月台的春天

42 月台的春天

咱若　有過去的記持
一定也會記得　五分仔車行過
甘蔗園邊　對糖廠溜溜去
載著人客佮鄉親　來來去去
走去糖廠買著　好食的冰枝
龍泉月台邊　鐵枝慢慢消失
路邊種真濟　文旦　柳丁　弓蕉
柚花芳飛入這片　青色的大地

這馬這座新建造的月台
嘛有鄉親洗身軀永遠的記持
會當　予詩人寫出感動的情詩
藝術　予咱的土地充滿著靈氣
用天地做美術館　月台邊
嘛有人來這搬各種的戲齣

恬恬坐咧聽　微風中的聲音
等待　開出柚花芳的春天

——刊登《小鹿文學》第八期

43 溫柔的海

有一條歷史久遠的　磺溪
流著　公理佮正義
流入眾人的心肝底
文字是上溫柔閣深沉的海洋

做一个社會的病理學家
用筆　去寫人性的衝突
詩情　傳達海底的波浪
予烏暗的天地間　發光

——《聯合報．副刊》二〇一九年五月十六日

註

筆者為彰化縣第二十一屆磺溪文學獎代言人，徵稿期間為二〇一九年五月六日至六月二十日。

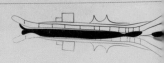

44 樟樹跤的夢

細漢　樟樹跤覕相揣
耍珠仔　樹奶　灌杜猴
蹈樹頂　鋸樹椏削干樂
唸著　韭菜花十二欉
央大妗做媒人的童謠

看著顏大師畫的　綠色磅空
想起故鄉樟樹跤　彼間土地公
三條香　土地公白喙鬚
阮佇廟口　演一齣娶新娘
拍鑼　拍鼓鬧猜猜的戲

彼工　阮經過麻豆綠色磅空
鼻著　柚仔花飛來的芳味
心內浮出　糖味甘甜的記持

看畫的心情　心肝清
敢是　柚花芳佮詩畫情

45 厝跤風情

敨放牛擔的　壓力
擗（giàn）頭看見　草仔埔青青
黃昏微微仔風吹來
袂記得　規日流汗糝（sám）滴的操勞

逐工　天袂光來起床
毋驚田水　冷霜霜
透早出門　曝著月娘光
拖車運貨　犁田園

日落時　入家門
踮紅花崁頂的　樹跤
等頭家　予阮
豐沛閣好食的暗頓

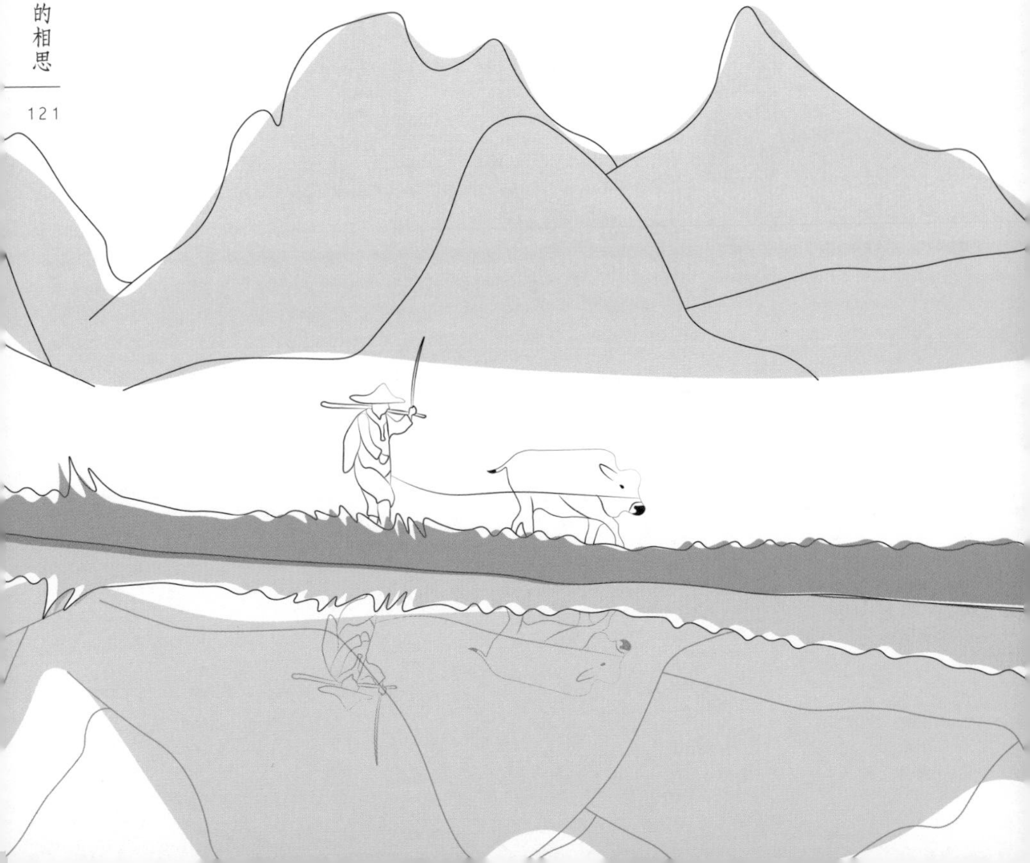

46 南屯溪的水

南屯溪水一直流　一直流
流出　台中第一街的犁頭店
拍鐵的店家　歷史濟
這是　台中農產品集散地（tsi̍p-suànn-tē）
溪邊有古早先祖的　跤跡
溪底有白翎鷥一隻一隻咧趁食

南屯溪水一直流　一直流
人講　有水就會帶來錢財
繁華的犁頭店街徛踮　南屯溪
對岸有田心仔出名的　牛墟
嘛有替人挨米的機器
古早糶米的店家　滿滿是

南屯溪水一直流　一直流

流來食狗蟻的鯪鯉
留落來　假死鯪鯉等狗蟻的俗語
留落來　穿木屐至躦鯪鯉的民俗遊戲
搬著　萬和宮字姓戲佮四府戲
煞戲了後　來食南屯溪邊特產麻笋

——發表《台中鄉圖》雜誌

註

1. 挨米：e-bí，磨米。
2. 糶米：thiò-bí，出售米糧。
3. 鯪鯉：lâ-lí，穿山甲。

47 柚芳公園

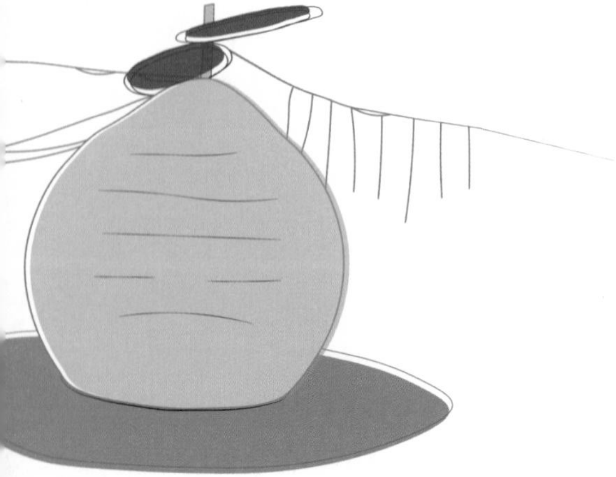

佇公園內底　種一欉
茄苳　樹邊有柚仔園的
芳味　福德正神陪著
庄內的老人　笑微微

透早　行入田邊散步
看著一片　稻仔青青青
黃昏　聽著鳥隻
唸歌詩　飛向山邊

——發表於《小鹿兒童文學》

48

頭佮喙

一籠裝滿魚的　頭
喙規大堆　開喙想
講話　訴悲情　表達
枉屈的心意
講袂清的白布染甲烏

社會上的人
愛佔領山頭
開口　大聲膨風閣毋驚
干焦　偆一支胡蕊蕊的
喙……

——《台灣現代詩》四十八期，二〇一六年十二月

49 天人菊

澎湖的風　雖然真大
吹袂倒　天人菊
咕咾的老石壁
發出　花蕊的色彩
土地的芳味

澎湖的海港
漁船一陣一陣
一籠一籠的魚上岸
阮鼻著臭臊的魚味
海洋　氣（khuì）口真好

澎湖的雨落真粗
潑著討海人的面腔
俗語講

鹹水潑面有食無賰
日子　認真度
天人菊　袂驚風佮雨

50 寨酌然的雞啼聲

華語「寨酌然」的諧音「在卓蘭」
野奢庄園意思是　田庄奢華的享受
這是　佇壢西坪頂露營的好滋味
上蓋　予人　懷念是倒佇布篷內
聽雞公　嘈人耳的啼聲叫日頭起床

山清水明好光景的　壢西坪頂
花芳　蝶仔　蜂過日真輕鬆
自在花蕊　沃著花露水的芳味
喙食　清芳鮮甜的蜜水梨
移民來的新興梨　真正甜
「橘色三食」　嘛有養生的菜蔬料理

彼一暝　睏踮有冷氣的布篷內
享受　游建築師家居的佈置

露營的暗暝　布篷內底的膨床
真正四序　這是有月光的暗暝
稀微的天星　紮來花果的芳氣
雞公聲三更咧啼　敢是叫阮起來寫詩

51

眠床

彼對　少年人人欣羡的
鴛鴦有青春美夢　逐工
彈著　月光奏鳴曲
踮雙人床織著糖甘蜜甜的
性命　旅程

自從佇厝跤偷偷種著
罌粟花佮大麻　以後
空思夢想總有一工　變成
有錢使鬼　會挨磨的超級頭家
計畫去遊世界　看風景

慢慢佃愛著雺霧的世界
用燒酒　來安胎
安回伊的命　眠床頂的哀怨

聲聲句句　叫阿娘
毒蟲　變成鴛鴦的名

——《現代詩》二〇一八年八月廿四日

52
澎湖的石滬

毋驚水冷　毋驚風寒
無論　海水會焦石頭會爛
兩粒堅定的心 結愛成岸

佇澎湖石滬
咱宣誓愛情永遠
袂變的心肝　天長地久

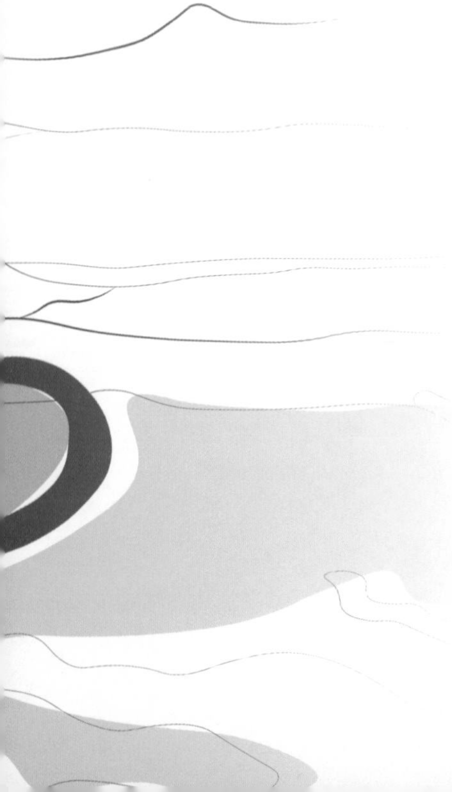

53 看雲

阮定定勸失志的　朋友
心情　鬱卒的時陣
走去野外看天頂的　雲
一蕊一蕊的白雲會講
啥物代誌攏會過去……

父親節彼一工　心情
鬱卒　走出去看天頂的
雲　阮老爸的面腔
浮佇　一蕊一蕊白雲頂
攏無對阮講半句的話……

飛過　雲邊的野鳥
雄雄　吼出一點怨嘆的聲音
電線頂一隻烏鶖　咬吱鳩

咬吱鳩　喝著
揣無伴　揣無伴……

——《現代詩》二〇一八年八月廿四日

54 卦山頂的南路鷹

早年的清明　八卦山頂
南路鷹　一萬死九千
近年來　展開翼股車颺的鷹仔
飛入　卦山幸福的相思樹林
大大細細　頭擔擔
目睭展甲大　大大
起鷹　落鷹　看甲清　清清
追鷹仔身影的人　教咱了解野鳥的
生態　逐家愛保護樹林環境

踮佇　阿東社番仔埔的
阮　黃昏的時陣散步行上
山坪　發現有人佇樹林內
偷偷　起造狗仔靈魂的天堂
燒著狗屍　汙染新鮮的空氣

註

1. 本土詩人陳肇興在《陶村詩稿》中有〈南路鷹〉一詩，這是目前最早有關「南路鷹」的詩詞：「海外無鴻到，鷹飛春已殘。中原人不識，認作雁行看。」當時人們以為這些春末群飛的南路鷹是過境的大雁，但彰化詩人陳肇興則了然於心。
2. 「南路鷹，一萬死九千」八卦山諺語，以前南路鷹在八卦山棲息，會被彰化人抓去殺做成標本，賣到日本，因此有此諺語產生。
3. 「幸福森林」：因提倡生態保護，「鷹揚八卦」的賞鷹活動，已進入第二十四年，二〇二〇年以「幸福森林」為主軸，讓生態保護能深入人心。

居民　逐家出來擇白旗　抗議
為鷹仔息睏環境來　陳情
為居民的身體健康來　寫詩
世間真正需要有公理佮正義
袂使干焦為家己的私利

——《現代詩》五十期

55 踮田庄過暝

踮田庄的農場　釣水雞
看天頂的星　啉芳芳的咖啡
頭家娘　做人真趣味
苦瓜煮成好食的料理　變甜

菜園內　棚仔頂有菜瓜佮水梨
北爿的天頂　黃昏時
七彩的虹若橋　鋪上天
田庄民宿房間　真清氣

56 文旦的詩歌

文旦嬌　文旦甜
樹跤　姑娘笑微微

柚仔欉　真勢生
中秋月娘　圓圓圓

柚仔嫂　白綿綿
妖嬌美麗　若西施

柚仔花　有芳味
柚仔兄　過著幸福的日子

——《小鹿兒童文學》冬季號，二〇一八年十二月

57 武聖宮的關公

關公　比雲較長的
喙鬚　氣壯山河衝上天
彼支　倒拖的大刀
為公理正義　顯靈性
飛入埔心的天　武聖宮

細漢　序大人攏教咱
結交　關公　張飛　劉備
袂使　佮彼陣林投竹刺
膏膏纏　做代誌會變成貪小利
失去　人生有價值的意義

半世紀前　武聖廟前有奇蹟
傳著　透早啉仙水袂肥
會媠　健康閣心花開

廟前歕水池的信眾
心中有靈聖的禪詩

以義為堂的鄉里
香火傳對四方去
紅面無私　福神關公
展示倫理為本的
忠　孝　節　義

——《台江台語文學》廿七期，二〇一八年八月

58 青春的夢

毋知　天地幾斤重
青春　編織的美夢
射出一支一支熱情的箭
邱比特　拍袂著的月娘
一擺一擺冷冷的風　飛過
青仔欉的　身軀邊

毋知　啥物是人間的愛情
青仔欉
發見著姑娘溫柔的
眼神　用氣力使目箭
暗淡天邊　彼粒孤單的
星　閃閃爍爍笑微微
問阮　發生啥物大代誌？

愛　講袂清楚的交纏
情　犧牲予伊快樂
青春的夢　若破空
免怨嘆　姻緣總是天註定
夢　應該是甜蜜閣婍氣
青春的夢　總是愛繼續作若去

——《台文戰線》五十一期，二〇一八年七月

59 看歌仔戲

——看《黃虎印》感想的詩

這齣　擽黃虎旗
護民主國印鑑的
鹿港才女施如芳　新編歌仔戲
原來是　美麗島姚嘉文佇監牢
生出的　黃虎印　歷史小說
戲中　失落的印鑑
予　台灣人會疼心
台灣　失落的民主國
煞予　日本人欺壓咱家園
淪日後　赤焱焱的日頭旗
佇美麗島耀武王威五十年……

戲中的羅漢跤　楊太平
忠於上司　許大印　為伊
收屍　閣娶伊予李家放捨的女兒許白露

太平的雙肩　擔著溫情佮義理
大聲唱出：
日本亦是嚴家府，作惡作毒不如無。
無人來為民作主，啥會疼惜台灣牛。
閣唱：
街市繁華如過往，小姐無端受滄桑，
日思夜夢意難忘，今日如怨探紅妝。

誰人了解　龍旗換虎旗的意義？
馬關條約　中國放棄台灣
辜家的奸臣　引日軍入關
民主國民毋驚死　中南部義軍勇閣強
日本軍　死傷嘛足傷重
棄印落跑的唐景崧　大總統
無心開發新時代　護持共和來

害咱囝孫　失去自由民主的年代
黃虎印　雖然佇戲中來失蹤
這是亞洲民主魂　觀念已經囥入
台灣人的　心目中……

——《台文戰線》四十八期，二〇一七年十月

註

施如芳歌仔戲《黃虎印》，改編自姚嘉文歷史小說《黃虎印》，觀後有感成詩。

60 冷吱吱的溪仔水

紅磚厝　失落佇溪底
走揣囡仔時代
穿過　中美合作的
內衫　短褲
細漢灌杜猴的
夢　跋落溪中
冷靜的溪水　流過
彼座　掛佇濁水溪的
橋頂　來來去去的
景緻　真婧

——《聯合報副刊》，二〇二〇年五月三日

61

樹影

逐工戇戇舉頭向天　探測
天頂的懸度　伸出四邊的
手骨　提樹葉仔炭出一片
予老人納涼佮囡仔迌迌的　天地

做　一欉發喙鬚的老樹
接納　三教九流的人客
佇伊　蔭影的庇護下
過著　講天掠皇帝的　日子

樹影　歷代祖先留落來的　財產
俗語講
前人種樹仔　致蔭後代來　遮影

——《台文戰線》五十二期，二〇一八年八月一日

輯四

天頂彼粒星

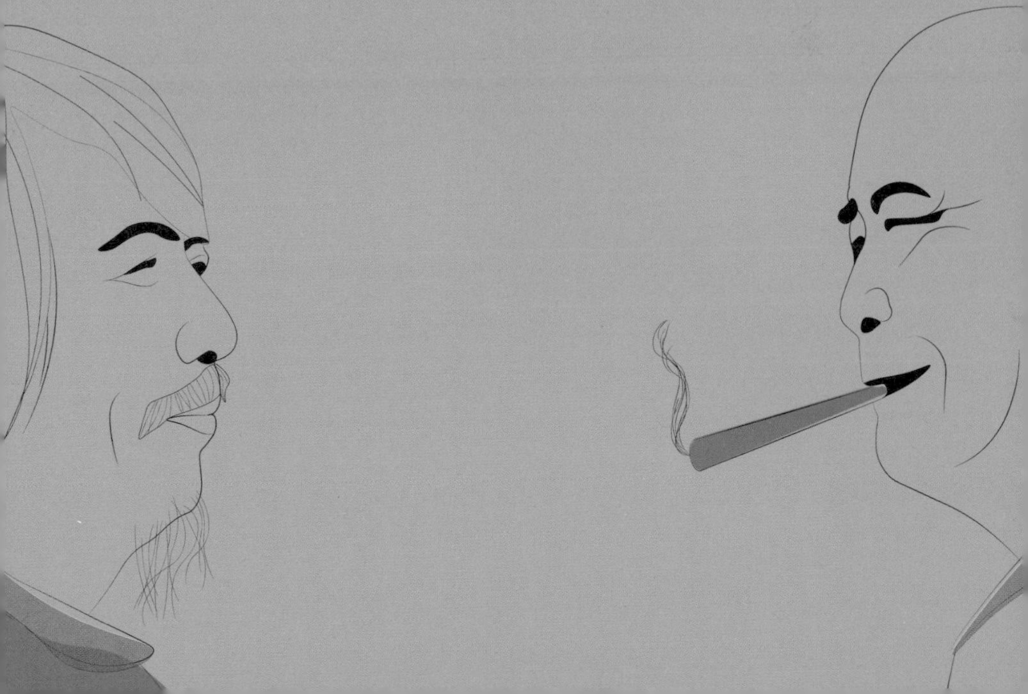

62 遺言

俗語　袂註生先註死
死亡　是出世了後的終點站
出世的時　敢是死亡的起點？

無人有法度　改變命
運　是掌握家己手中
種子　無權揣落塗的所在
囡仔　袂當選擇佮意的父母

啼啼哭哭　來世間
歡歡喜喜　趕人生路程
結因緣　佇天地間
行坎坎坷坷的　路途

上天堂時　留著

沉重的言語
生無帶來
死無帶去
人生是一場夢幻的泡影

——《吹鼓吹論壇》四十一期，二〇二〇年六月

63
山頂等月娘

少年　日時卦山頂相思林內
蝻蛄蠐　吼咧咧
敢是　予樹仔枝挾著的哭聲
抑是　失戀人心酸的言語
山風　一陣一陣勻勻仔飛過去

佇烏色年代的　暗暝
稀微天星　閃閃爍爍
有淡薄仔驚惶的　南路鷹
覕佇山頂　等彼粒溫柔的
月娘　共阮牽電線佮使目箭

——《自由時報副刊》
二〇一九年十二月八日

註

此詩應彰化市公所之邀，在二〇一九年情人節放置在八卦山天空步道上。由彰化師大美術系陳世強設計成裝置藝術發表。

64 天星

看暗暝天頂　彼粒星
逐日等待　阿母來入夢
夢成空　半暝揣無人
天星　你是走去佗位藏？

想起阿母：註定業命
在生日頭袂光著　出門
大粒汗　細粒汗
做甲日頭輾落西海岸

阿母：你出嫁著勞碌命
共阮洗衫　踮房內補被單
儉腸凹肚　為家庭拖磨
落園　看顧番薯來生湠

阿母：你受風受雨　攏毋驚寒
無暝無日來拖磨
這馬：你已經離開阮
心肝　親像刀咧割
阿母：你離開了後
無人來共阮𤆬
無人來共阮帶
阿—母—阿——
——阿—母—阿
阮真孤單　欲按怎？

聽講　一个人若走去覕
天頂會加一粒星
阿母：自你離開了後
阮夜夜　攏咧走揣屬於你的星

掛佇　窗邊彼粒星
對阮笑微微
你的星陪阮渡過
寂寞閣孤單的烏暗暝……

65 千手觀音的甘露水

——獻予埔里陳綢阿媽的詩歌

對魚池仔　開出來彼蕊清氣相
媠噹噹的蓮花　來埔里用義學普濟世間
千手觀音　陳綢阿媽的甘露水
佇神農夢中賜米　做粿行善
伊講　有偌濟的願　著有偌濟力
伊用　家己的絕症飼大無限的
愛心　去愛失去家庭的囡仔
開設　陳綢少年園地

伊佇十三歲　開始為老爸還債
定想著老爸講　還債　起家
命運　三分天註定　七分靠拍拚
人　身體病疼家己擔
人　過去業障家己消
家己有四个囡仔

破病無錢醫煞來曲去
這馬　共別人生的囡仔當作家己的
共個疼　共個晟
詳細聽囡仔悲傷的心聲

阿媽的目屎　洗去人間的痛苦
目屎是水　洗淨死去囝兒的靈魂
洗著　坎坎坷坷悲慘的命運
洗出　向善若水的性命哲理
阿媽是觀音媽的甘露水　化身
淨化　迷途羊群的靈魂
伊講　困難就是學習的起點
慈悲　才是做人上好的武器

神農的米透阿媽的水

米飼眾生　水利萬物
陳綢阿媽的人生路途
滴落　一點一滴的甘露水
救著久年焦涸涸的野草
阿媽　博愛的精神
帶予　失去家庭的囡仔
有美夢成真的期待

——《自由時報副刊》二〇一八年七月十五日

註

1. 清氣相：tshing-khì-siùnn，清秀模樣。
2. 開設：khai-siat，設置成立。
3. 曲去：khiau khì，逝世。

66 漁女的身影

冷風　吹過西爿的海岸
海水　淹入漁民的心肝
討海人忍受著枵飢失頓嘛毋驚寒
海湧　親像一粒一粒懸山
阿母形影　攏佇蚵園咧行

涼棚跤　蚵桌頂漁女算袂清
花布巾包笠仔　遮日頭
三更起床　四更愛出門
中晝頓　食著日頭光來轉
擽蚵刀做著　青蚵嫂

漁女的身影
追隨著翁婿佮流水行
出海去　免驚惶

無論是白帶魚抑是烏魚
網內走從　親像一首
詩

——《台灣現代詩》四十八期，二〇一六年十二月

67 戇牛悲歌

頭家　頭家　阮佇這塊土地
已經有七十二年　逐工
日頭袂光著出門　耕田園
毋驚　田水冷霜霜
透風落雨閣兼枵飢失頓
艱苦病痛嘛無人關心佮探問

頭家　阮認份做牛著拖
無論是犁田抑是拖車　上山落海
攏是為咱的田園來　拚命
予你趁遐濟　阮干焦換喙食爾爾
仝款咧耕田園　厝內有人勢損斷
將錢財歪去外國　遠　遠遠
頭家　咱的厝內真濟　鳥鼠

攏偷咬布袋　閣食銅食鐵嘛食 arumi
真是　有毛食到棕蓑
無毛　食到秤錘
共咱的財產　偷食了了
閣走出外國　逍遙
頭家啊！　這是欲按怎來排解？

註

1. arumi：外來語，鋁（Aluminium）。

68 花神

大墩曠闊土地的懸頂百花親像發火
以各種無仝閣爭豔的屈勢唱歌佮唸詩
東海花園　紅吱吱玫瑰的刺　向
彼粒　赤焱焱凌治人的日頭　喝聲
討淡薄仔樹影　來遮
花農的血汗　沃著涔旱的土地
伊是台灣玫瑰的花神

油麻菜子隨風飄落葫蘆墩的田園
菜子花　開佇生疏的土地
歹運　定定種匏仔生菜瓜
開出查某囡仔菜子命的心酸
無法度掌握家己的命運
油麻菜子成坐一種光輝
英靈變成兩性之間的花神

註

1. 東海花園：作家楊逵所墾的花園。
2. 《油麻菜籽》：廖輝英的小說。
3. 太陽花馬賽克鑲嵌壁畫是顏水龍作品，為台中自由路太陽堂鎮店之寶。戒嚴年代屢遭特務和警察騷擾，認為「太陽堂」、「太陽花」，讓人聯想到《東方紅》歌詞裡寫的「東方紅，太陽升，中國出了個毛澤東」，根本就是「為匪宣傳共產主義」。又近年太陽花學運改變了台灣的政治走向。

面向日頭的葵花種入
台中自由路的太陽堂
予人染著東方紅的色彩
二十五冬無看著天色的日子
日頭的花魂迎著民主自由的笑顏
水龍噴水寫出太陽餅的故事
街頭太陽餅成做台中另外一種的花神

——《台客詩刊》十一期，二〇一八年三月

69
司機

一生做　快樂的司機
對著日出月落過日子
起車　落車　人來　客去
袂超速閣真準時

最近　規定坐車掛喙罨
人客無愛照道理
阻擋個上車　傷和氣
輕聲細說苦勸伊

70 藤椅

細漢　道生出世散赤家庭
擔任建築師以後參與壢西坪社區營造
開發出寨酌然　野奢莊園以後
期待著　序大人欣賞囡仔的成就
無想著老爸已經變成天頂
彼粒　孤孤單單的星神

天頂彼粒星的光　照佇露營區
壁邊囥一塊　老父晚年（buán-liân）咧坐的藤椅
這塊椅子是游理事長
數念序大人毋捌來園區的遺憾
藤椅　日夜守佇壢西坪的土地
看著椅仔　親像看著老爸的身影

71 薰吹佮老父

彼一工　佇屜仔內底
發現　阮阿爸留落來的象牙薰吹
想起伊　在世攏無愛講話
喙空攏咬這支　薰吹
有一暗　失覺察
薰屎煞著火起來
燒破　規家蓋的彼領棉績被

阮老母　袂怨天怨地
綿瀾虯儉　來扞起散赤的家
罵阮阿爸　新婦仔體
對任何大細攏總無話
用食薰來對答問題
一世人　干焦共彼支象牙薰吹攬牢牢

註

1. 在世：tsāi-sè，生存於世上。
2. 失覺察：sit-kak-tshat，疏忽。
3. 棉積被：mî-tsioh-phuē，棉被。
4. 虯儉：khiû-khiām，節儉。
5. 扞：huānn，掌管。

——《文學台灣》一一三期，二〇二〇年一月

72 福井鐵路餐廳的詩歌

◎**火車的記持**

火車　火車　交甘蔗
烏貓　烏貓　掛目鏡
囡仔兄　偷食甘蔗
薰吹頭　損袂痛

火車頭　交烏台
一陣囡仔徛規排
大漢囡仔頭前駛
兩條草索分兩爿

鐵枝頂的烏色火車　向前行
煙筒吐烏雲　猶閣會喝聲
嘟　嘟　嘟　凄嗆　凄嗆……
凄嗆　凄嗆……嘟　嘟　嘟

規工　烏煙吐袂離
田庄囡仔騎牛　踮溪邊
火車　開對糖廠溜溜去

火車形影漸漸來消失
想起　白泡泡的砂糖真甘甜
日本人統治台灣五十年
第一戇　插甘蔗予會社磅
賴和的詩　覺悟下的犧牲
閣有社頭阿強上蓋戇　修理火車
免費予逐家　來看爽

◎火車駛到福井

社頭　實在好所在
火車站前　真姊小姐是有智慧人才

店底　好食鐵蛋　果醬　輕食
通人知　在地做的新鮮果菜
逐家來去　試看覓

福地　真正是富人居
井水　帶予阿強好人氣
好食的各種料理　予人
喙瀾　涵涵滴
糋雞腿　滷牛肉好滋味
閣有　新鮮的魚仔摻薑絲
坐火車來社頭唸歌詩
食福井餐廳的　好料理
變成一種永遠的記持

福井　出名的鐵路文物館真好耍

收藏阿強佪兒三代人生活的心酸
阿強的阿公佮老爸　攏是火車司機
透早著出門　火車駛真遠去
中秋節　二九暝攏無法度倒轉來
食暗頓　只有月娘佮佪相借問
寒冷冬天　心頭罩一層厚厚白霜

◎戇人買火車

彼台一三五的尋道車
一九九九年對溪湖糖廠
駛入　埤頭公所幼兒園
風吹　日曝　沃雨煞來破病
阿強買轉來　共火車穿新衫
腹內共伊　換心佮換膽

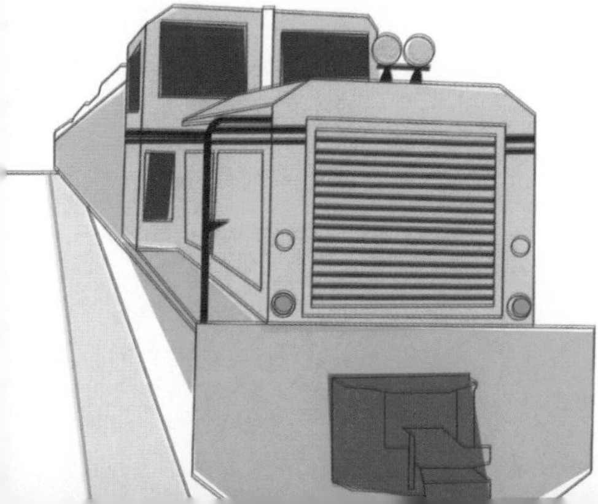

火車醫生的老師傅
詹永富 展出手術的好工夫
試著 內外科醫生的任務
阿強 詹永富 邱慶宜
三跤抹 鐵道文物的維護
歹銅舊錫 變成媠款的火車
吸引日本鐵路迷 櫻井清美
來到福井看火車
閣有日本漫畫家
康學鳳小姐 畫出一三五的少女
小巡 淺藍色的清爽色彩
白色的短衫
配著妖嬌美麗的身材
福井的標頭 囥佇心肝內
予阿強台灣有名聲 國外嘛出名

註

1. 喙瀾：tshuì-nuā，口水。
2. 涽涽滴：tshàp-tshàp-tih，滴個不停。

戇人買火車
保存台灣鐵路文化

——《台江台語文學》三十期，二〇一九年五月

73 月娘光光

月娘　光光
照彼片曠闊田園
你敢知阮兜偌遠？

月娘　光　光光
照暗暝孤單的眠床
眠床頂　罩一層厚厚的白霜

想著　故鄉心頭酸
阮的厝　阮的厝
比天頂彼粒月娘　較遠

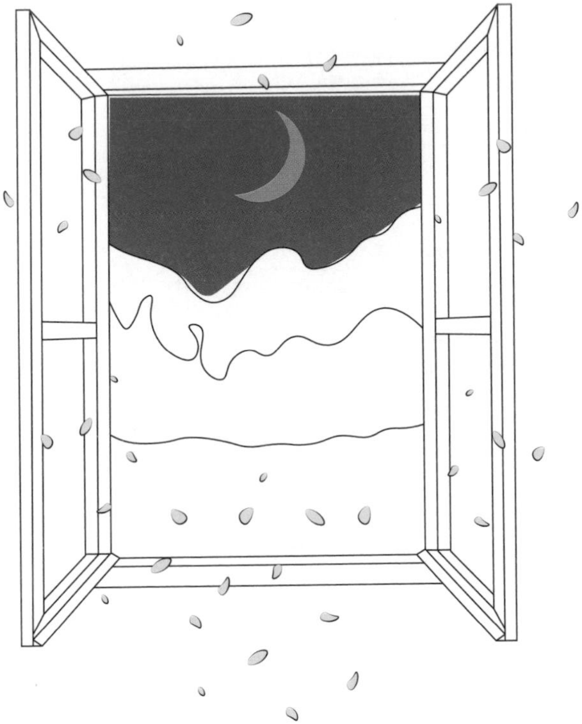

74 馬頭山的白毛蟹

彼粒　佇刺竹的故鄉真媠款
像駿馬擛頭的山　覕真濟
白毛蟹　梅花鹿佮鯪鯉（穿山甲）
這塊生養萬物　咱的土地
傳承　台灣人的道德良知

惡勢力　欲將糞埽埋入
月世界的惡地形內　危害
珍貴的石線（砂岩）閣毒死白毛蟹
破壞　野生動物的棲息地
汙染　二仁溪　高屏溪的水源

彼个　台灣生態界的懸山
玉峯　喝出佮馬頭山仝生死
在地人宣誓　用性命守著家己的厝

守著　這片刺竹的林園
決心　保護台灣自然生態土地

予稱呼　台灣梵谷的畫家
來與　色彩畫出馬頭山的靈魂
玉峯　文字寫著《台灣山海經》
個用盡氣力　佇馬頭山決戰惡靈
用謙虛佮誠懇的心　來愛台灣

——《台江台語文學》二十九期，二〇一九年三月

75 行跤花

透早　翁佮某手牽手去山頂
散步　跤花已經行過半世紀
翁若行某著綴　山坪這條路
跤印寫出　命運的複雜心聲

山路的兩爿　荔枝園
天袂光　青苔仔佇樹枝頂咧耍
哎唷　某也雄雄喝一聲
一條草索仔坦倒佇路邊　若蛇影
真是　看蛇驚　連草索仔嘛驚

黃昏　某佮翁為著健康去
運動　上好方法著是行跤花
七十外歲的老大人
跤花毋知閣　行偌久

日頭已經欲落山
白雲行佇天頂看

詩人　有死亡的思考
老人　面對死亡免驚惶
有人講　袂註生先註死
運命　攏是天註定
只求鴛鴦　水鴨成雙對

——《台文戰線》五十二期

76 紅旗

佇綠色二八水圳邊的　土地
種落耀武揚威袂曉見笑　紅色刺竹
廟中　定定流出不義的歌聲
台灣人　敢無聽著？
這種惡質的　侵門踏戶
敢是軟塗深掘

吞忍　是古意慈悲鄉親的本色
定定咬厝內布袋的　鳥鼠
空喙　踮台灣咧　拐騙
行踏佇真真假假的社會咧　哺舌
予　滿天的紅星旗飀飀飛
真是　超過的台灣民主
磺溪　公理正義的精神

走對佗位去？　走揣
永遠無屈辱的　和仔仙
一定　感覺真受氣
手無寸鐵的　文人無奈
用詩　想欲來拍破紅色的惡夢

——《台文戰線》

註

彰化的二水碧雲禪寺淪為中國共產黨五星旗廟，經《紐約時報》披露，寫成此詩後，二〇二〇年九月二十六日，彰化縣政府已經開始拆除碧雲禪寺的違建。

77 荷花

攑一支綠色的傘
為花蕊　收雨滴

春天　聽蟲聲吼吱吱
暗暝　為月娘病相思
熱天時
為情人含珠淚
目屎流　目屎滴

秋天時
蝶仔講伊欲離開
雪來時
荷花甘願作春泥

78 江湖

人佇江湖　來無影去無蹤咧走從
攏是為著家己田園內欲愛的
水　滋養萬物的
做田人　流汗涵涵滴
日頭光　笑微微

人行江湖　南北二路的走從
有人　只為著男佮女之間的情
愛　嘛有走揣花花草草
親像　變化無常的雲尪仔
佮　無影無跡的　聲音

江湖的水　定定藏著真正的危險
奸巧　詐欺　敢是人性無法度
克服的　性命的本質

利用別人的肩胛頭做
跤踏仔　上天

——《自由時報副刊》二〇一九年六月十一日

79 命運敢是天註定

——予敬佩的愛心菜販陳樹菊女士

樹菊　本來是樹仔佮菊花
落塗後　父母用樹菊名字賜予伊
家庭散赤　母親難產無錢交保證金煞曲曲去
做一个菜販的女兒　註定市場內
替老父顧擔兼賣菜　閣擔當老母的角色
家己拖磨　幫忙飼養弟妹長大

自從第三小弟破病　接受母校師生救濟
雖然三弟最後無藥醫　化成一甕骨
伊體驗著　錢愛予需要的人才有路用
開始去　回報母校帶來歡喜的心情
為母校仁愛國小興建圖書館
佇學校成立急難救助金

為著　欲加賣一寡菜

粒積淡薄行善的本錢
市場菜擔彼葩愛心的燈火　永遠無熄
菜擔親像超商允人客的利便
了悟錢財生不帶來　死不帶去
將家己儉的錢　送予需要的人
是伊內心感覺上快樂的成就

伊講：捐錢毋是偉大
錢愛用佇有意義的事誌
人愛累積善德　毋是累積金錢
這是伊予咱的啟示
生活中伊若有幫助別人
彼工伊就特別好睏
伊認為平凡的好代誌　上了《時代雜誌》
樸實　簡單　無外求的精神

成就了　台灣的光

對悲苦性命中行來的愛心菜販
毋向　命運屈服的樂觀精神
是台灣人永遠的價值
這馬　身體已經毋做主
放下一切　安心靜養
咱祈求伊　平安喜樂過日子

——《台文戰線》五十二期，
二〇一八年八月一日

註

陳樹菊（一九五一年～），台東傳統市場菜販和慈善家。二〇一〇年，她入選《富比士》雜誌亞洲慈善英雄人物榜；同年，入選《時代雜誌》年度最具影響力時代百大人物之「英雄」項目第八位；並榮獲《讀者文摘》第四屆年度亞洲英雄獎，及教育部一等教育文化獎章。二〇一二年七月廿五日，「麥格塞塞獎基金會」宣布陳樹菊因長年行善展現「純粹利他主義」，榮獲二〇一二年麥格塞塞獎。

80 風颱

滾絞的　捲螺仔風
予網路的聲嗽　起痟
街頭巷尾真濟人　煞著

寒人的天氣　冷吱吱
流入　台灣人的心肝底
驚甲　紅色的清汗滴滴滴

——《文學台灣》一一二期

【導讀】

走揣台灣語言／言語的詩

曾金承

在符號學的基本概念中，有一系列的「二元對立」（dichotomy）表現，其中的第一組對立概念，是瑞士語言學家索緒爾（Ferdinand de Saussure，一八五七～一九一三）提出的言語（法語 parole）／語言（法語 langue）對立，這也是結構主義的出發點。[1]簡而言之，語言是體系的規範，屬於深層結構；言語是個別的表現行為，屬於表層結構。深層結構可上溯至文化型態與語法系統等，表層結構是在深層結構的規範下所展現的個別性。舉例而言，我們的文化傳統或是語法是深層結構，在這樣的文化傳統與語法系統規範之下，每個人會有個別的習慣與表現或回應形式，這是屬於淺層結構。比如在台灣的文化中，崇敬天地、孝順父母是屬於深層結構，至於每個人的崇敬天地與孝順父母的方式則是有個別的表現方式，這是屬於表層結構。

每個文化傳統背景都是「語言」層次，每個作家都有屬於個人的表現的「言語」特色，因此我們討論某人的作品形式風格時取決的就是他的「言語」表現；相對的，探討作品的環境、思想背景時，取決的就是他的「語言」結構。

康原台語詩的「語言」背景

康原的台語詩歌從囡仔歌出發，再往其他層面擴充，李桂媚說：

> 一九九九年《六〇年代台灣囡仔——童顏童詩童歌》初試啼聲，二〇〇一年繼有台語詩集《八卦山》的問世，揭示了其以母語追憶童年、書寫地方、傳唱文化的新詩美學。

李桂媚的這段評語，足以表現康原台語詩的「語言」層次，也就是深層的背景條件。童年、地方與文化是康原台語詩歌的背景條件，再加上地方語言（台語）本來就是當地文化生活的表現媒介，是最天然、適切的語音符號，這些條件構成了康原台語詩歌的深層背景。

康原在《賴和的相思》中分成四輯，依序為「揣路的人」、「賴和的相思」、「月台的春天」與「天頂彼粒星」。

輯一「揣路的人」是在尋找台灣的人情、歷史、地景等，試圖從不同的角度尋找台灣的鄉土情懷與土地認同。本輯的第一首〈揣路〉就是以一個久居他鄉的「歸人」視角與心情為題材寫作的作品，內容涵括了回家路上的陌生感而產生了忐忑，再到熱切尋找熟悉事物的歸屬感之過程，一一表現出人情的回味、地景的變化與歷史感懷等，摘錄內容如下：

真久　無轉去故鄉
細漢行過的路　有一點仔
生疏　盤過田園的高架公路
紅毛塗柱　真大箍
高速公路的交流路口
迴入　過去阮兜的田園
揣無阿母為青菜梳妝的身影
真久　無轉去田庄
路頂的少年家仔　有淡薄仔
生分　囡仔兄　借問
陳村長的厝按怎行？
……
日治時代　開挖的四知圳
圳水　流過春天的田園
白雲　巡過一庄閣一庄
風聲叫著　白翎鷥緊起床
暗光鳥　已經飛倒轉
阮向少年鄉親借問
收驚婆仔　猶閣有踮咱這庄？

這首詩在本輯中具有代表性，「揣路」是在找心靈的歸途。本段開頭一樣從「真久」拉開時間的序幕，因為時間的久遠，以至於回鄉找尋的路或地景已經生疏了，農村田園已被高架道路的水泥柱取代了，這是地景的變遷；接著，是在找尋舊時熟悉的身影，然而，先出場的是具有烘托意味的「生分」少年家，在作者眼中，這位年輕人是代表「陌生／他者」，這是很有意思的弔詭現象。康原是離家很久的歸人，故鄉的年輕人可能是土生土長的田庄少年，在角色上歸類上，年輕人應該是在地人，康原才應該是「陌生／他者」。

但康原刻意拉長時間軸，將自己置於時間的前端，如此，作者轉身變成故鄉的老前輩，在他的視角與角色位階而言，年輕人又居於「陌生／他者」的角色，但這種回到故鄉卻又面對陌生的後輩，是種無奈的窘迫，於是想要提及一、兩位熟人來化解這種陌生感。所以，他故意打聽「陳村長」的家在哪裡，作者並非不曉得「陳村長」家居何處，反而是刻意要讓這個後生小輩知道：我認識陳村長。事實上，陳村長確有其人，他是漢寶村的老村長「陳耆」。陳老村長在日治時期就擔任保正，戰後繼續擔任村長，對村里多有貢獻，康原在漢寶村的村史《野鳥與花蛤的故鄉——漢寶村的故事》中，也專立一章〈從保正做到村長的陳耆〉來談他的事蹟。

接著強調地景與歷史，建立於日治時期的四知圳，至今依舊灌溉著康原的故鄉，七十幾年來，年年如此。白雲亙古以來飄蕩於天際，守護著故鄉的土地。接著，「白翎鷥緊起床／暗光鳥／已經飛倒轉」表現出時間運行的感知。在台灣的西部沿海，白鷺鷥與夜鷺（暗光鳥）經常住在同一個樹林裡。白天，白鷺鷥外出覓食，夜鷺在林中休息；到了晚上，換成夜鷺外出覓食，白鷺鷥在林中休息，彼此輪班，相安無事。康原有一首〈暗光鳥〉對這種生態形式做了生動的描述：

暗光鳥　三更半暝呱呱叫
兩蕊目睭　發紅光
漢寶園　做眠床
渡船頭　好梳妝
暗時　掠魚實在成好耍
日時的暗光鳥
睏踮白翎鷥𪜶彼庄

再回到詩中，「白翎鷥緊起床／暗光鳥／已經飛倒轉」表現日夜的輪替，也是時間的流逝中不變的規則。本段關於四知圳的水流、白雲的飄蕩、白鷺鷥與夜鷺的輪替，都呈現了事物的不變，但時間卻是明顯的流逝了。因此，在歷經久遠的時間之後，作者似乎有點不安的問少年鄉親：「收驚婆仔　猶閣有跍咱這庄？」收驚婆代表的是康原舊時缺乏醫療資源的農村特殊職業，也是台灣傳統宗教的特色之一。總而言之，康原在本詩中「揣」的是鄉土的眷念、人情的美好與純樸的文化。

同樣的，在「輯一」中，康原也透過〈走揣福爾摩沙台灣〉中對野柳女王頭的書寫，傳遞了對先民篳路藍縷，以啟山林的感念；〈走揣半線阿束社〉採用詩歌敘事的表現手法，以歷史上「阿束社」的空間爭議為動機，一路從早期平埔族的結婚習俗，到乾隆年間漢人楊國暢與大肚社公主結婚而致富，楊家後代開發「二八圳」的事蹟等，康原透過台語詩歌，帶領讀者認識彰化市的平埔族歷史與漢人的開發史，也是尋找祖先的足跡之旅。其餘的也有許多關於台灣的地景、風土地描寫與關懷，如〈百果山跤的林仔街〉、〈扇形車庫〉、〈蒜頭糖廠〉、〈王功港的故事〉、〈蘭嶼的日出〉、〈龜山島〉等等，作者也一一帶我們去「走揣」。

輯二「賴和的相思」是以賴和為台灣的抗爭精神與追求民主的象徵。賴和在康原心目中具有標竿的地位，康原的創作思想、人生目標都深受賴和的影響，他在台語詩〈走揣和仔先〉中說：

一九九五年　阮行入番薯園
做園丁　傳播和仔先的台灣情
伊做上帝　阮做伊的跤架
五十歲立志　講和仔先的代誌
講半線　歷史　文化　生活
設佇和園大樓無偌久的　紀念館
南北二路的先賢攏來拜見和仔先
了解先生　在生的代誌

烏雲崁去五十冬的日頭
漸漸　發出伊的光譜佮氣力
和仔先　成就台灣的價值
毛著台灣人　向前[2]

從這首詩中，康原自述一九九五年從彰師附工退休後接任「賴和紀念館」館長，並「行入番薯園」，以番薯的外形以及耐旱、深具生命韌性的特徵做為台灣人的象徵。康原願意做園丁，並傳播賴和事蹟到效法賴和的精神，以筆為武器，化成激勵人心的詩句，闡揚台灣的民主與抗爭精神。

本輯以書寫人物精神形象為主，除了少數回憶性或親友的的情感記錄作品，如〈鹽埕的記持——記顏聖哲的藝術觀〉、〈古雎伯仔〉、〈數念詩人王灝〉、〈壢西坪的藝術家——余燈銓生活雕塑家園〉、〈油菜花〉等，其餘都是以賴和所影響的「磺溪精神」的政治抗爭，追求台灣主體精神，或是以文學、藝術展現不為強權所屈的文化精神。如〈一九八九年的春天〉書寫鄭南榕為言論自由而殉道：

彼一年　烏暗的三更半暝
孤單的路燈　點火
燒去　犯著藍色禁忌的
百分之百　講話的自由
主張　台灣新國家的
你用性命　展開

台灣民主自由的　花蕊
用火　燒醒驚惶的
台灣人　追求家己國家的
春天

鄭南榕在一九八九年四月七日清晨，拒絕警方的強制拘提而選擇自焚，為了他的理想與主張而殉道，尤其他主張百分之百的言論自由，更是對台灣的民主政治發展影響深遠。康原的這首詩主題明顯，背景是台灣政治史上的重大事件，屬於台灣歷史的一部分。

另外，如〈金水嬸的身影——數念作家王拓先生〉是為了紀念作家，也是美麗島事件受害者王拓：

彼年　你來彰化師範大學台文所
作家現身　講著文學實踐佮政治參與
江湖氣口的屈勢
有飽學文學教授的派頭
予阮　想起當年高雄美麗島事件
楊青矗佮你　予冤屈入獄的遭遇
出獄後　嘛是一个好漢
……
彼日的暗暝　咱佇烏雞公
會餐　設宴的葉教授載你
坐高鐵的火車　轉去台北
無想著　這是咱最後一擺的鬥陣
二〇一六年八月　你離開咱的土地
行向西方的極樂世界……

看著　咱做伙翕的相片
阮閣　想起你的小說
獄中寫的　《台北．台北》
牛肚港的故事中的　覺醒
望君早歸中罔市的　正義
可惜
袂當看著你最後無完成的長篇……

本詩先談背景，將王拓放於歷史的深層背景之下，強調在特殊政治環境下的文學家處境，將文人的風骨與美麗島的政治遭遇結合而下獄，不過出獄後「嘛是一个好漢」。接著論述作者與王拓的相處經過，以及對其作品的肯定，最終以未完成的長篇與刪節號結束，代表對這分緣分的不捨。

其他透過政治人物「走揣」台灣的抗爭精神的作品還有書寫史明的〈夢〉，為紀念發揚賴和精神的林瑞明而寫的〈相思——敬悼詩人林梵先生〉，記錄一九八九年郭倍宏偷渡回台演講並引發「郭倍宏旋風」的〈小鬼仔殼〉，〈一張支票〉則是記敘當年陳文成捐助《美麗島雜誌》而引發的命案，除了為他的悲慘遭遇抱不平外，也控訴當時政治的高壓與無情。

輯三「月台的春天」是以月台象徵驛動，一站一站的旅遊、踏查，康原透過詩歌帶領讀者去認識台灣的土地之美；不過康原在本輯另外著重的還有空間中的時間流動與「時空旅途」中的所思所感。簡而言之，本集的內容從具體的旅遊，再到抽象歷史的遊歷與人生的經歷與感發，行程由空間到時間再到生命感懷的深層結構。

本輯中具體的空間書寫是因為康原旅遊時經常以詩歌記錄地景，在導覽或是帶領學生參訪時地景更是聚焦的重點。以下就〈月台的春天〉為例：

咱若　有過去的記持
一定也會記得　五分仔車行過
甘蔗園邊　對糖廠溜溜去
載著人客佮鄉親　來來去去
走去糖廠買著　好食的冰枝
龍泉月台邊　鐵枝慢慢消失
路邊種真濟　文旦　柳丁　弓蕉
柚花芳飛入這片　青色的大地
這馬這座新建造的月台
嘛有鄉親洗身軀永遠的記持
會當　予詩人寫出感動的情詩
藝術　予咱的土地充滿著靈氣
用天地做美術館　月台邊
嘛有人來這搬各種的戲齣
恬恬坐咧聽　微風中的聲音
等待　開出柚花芳的春天

本詩從台灣人早期的集體記憶談起，「五分仔車」是台糖運送甘蔗的小火車，康原的故鄉漢寶村以前也有通往溪湖糖廠的五分仔車，在他的兒時記憶佔有一定的分量。之後隨著製糖業的沒落，許多糖廠開始轉型賣冰，康原經常談到的就是溪湖糖廠，也曾經帶領員林社大台灣文學班學員前去校外教學，並寫下〈羅漢松的心情〉。❸接著才進入本詩描寫的地點——台南麻豆的「龍泉生態月台」，這原本是龍泉舊站址的地景，後來因糖業沒落而停駛荒廢，過去車站兩側分別是嘉南大圳給水線與糖廠冷卻水的排水線，一冷一熱，成為露天的三溫暖，因此康原寫著「嘛有鄉親洗身軀永遠的記持」。台南市文化局將龍泉月台打造成「麻豆糖業大地美術館」，再加上附近種植本地名產文旦，形成聽覺、視覺與嗅覺的美好感知經驗。

其餘與旅遊地景相關的作品有〈柚芳公園〉、〈寨酌然的雞啼聲〉、〈澎湖的石滬〉等。

本輯另一類作品屬於空間中的時間流動與「時空旅途」中的所思所感，如〈南屯溪的水〉：

南屯溪水一直流　一直流
流出　台中第一街的犁頭店
拍鐵的店家　歷史濟
這是　台中農產品集散地
溪邊有古早先祖的　跤跡
溪底有白翎鷥一隻一隻咧趁食

南屯溪水一直流　一直流
人講　有水就會帶來錢財
繁華的犁頭店街倚踮　南屯溪
對岸有田心仔出名的　牛墟

嘛有替人挨米的機器
古早糴米的店家　滿滿是

南屯溪水一直流　一直流
流來食狗蟻的鮻鯉
留落來　假死鮻鯉等狗蟻的俗語
留落來　穿木屐躦鮻鯉的民俗遊戲
搬著　萬和宮字姓戲佮四府戲
煞戲了後　來食南屯溪邊特產麻芛

本詩分成三段，開頭都是以常用的水流象徵時間，以時間的流逝，動態性的表現地區的變化歷程：首段談此地是台中打鐵與農產品的聚集地；第二段說明此處曾是有名的牛墟與多處碾米工廠及米店；第三段談民俗與信仰，南屯地區早期依賴農業為主，所以到了端午節老街會舉辦踩街「躦鮻鯉（穿山甲）」的活動，大家穿著木屐，跟著號令用力踩踏，藉以驚醒地下的穿山甲，讓牠們起來翻鬆土壤以利於耕作。本詩透過時間的流動，記錄先民的生活變遷以及習俗，提醒讀者關於地方的發展記憶以及習俗與生活文化的關聯性。另外如〈冷吱吱的溪仔水〉則是透過故鄉的溪流，串成了點點滴滴的回憶，有「中美合作」的麵粉袋製成的「內衫　短褲」以及灌蟋蟀的童年往事等。

本輯另一個屬於時間流動性記錄則是人生的經歷與感發，隨著生命的歷練，在人生路途看過各種風風雨雨之後，康原在本輯寫出許多人生經驗談。如〈眠床〉：

彼對　少年人人欣羨的
鴛鴦有青春美夢　逐工
彈著　月光奏鳴曲
跕雙人床織著糖甘蜜甜的
性命　旅程

自從佇厝跤偷偷種著
罌粟花佮大麻　以後
空思夢想總有一工　變成
有錢使鬼　會挨磨的超級頭家
計畫去遊世界　看風景
慢慢佪愛著雺霧的世界

用燒酒　來安胎
安回伊的命　眠床頂的哀怨
聲聲句句　叫阿娘
毒蟲　變成鴛鴦的名

這是一首以「床」為聚焦載體貫穿的悲劇。一對情人，從年少的床笫之情代表著青春美夢，這是時間的起點；接著，從美夢落入現實，妄想著投機致富而種下罌粟花與大麻，是一種面臨現實生活的壓力下所做的不切實際的夢想；最後，床成了痛苦的依賴，情人成了毒鴛鴦，床，乘載著毀滅性的惡夢。這是一首社會觀察的感懷詩歌，讀之令人喟嘆。其他的還有〈頭佮喙〉批判社會上愛信口開河、不負責任的現象；〈看雲〉則是寫出對父親的思念以及隨著年紀漸長，卻又相對孤單的心情。

輯四「天頂彼粒星」，在本輯作品可視為以天星象徵人世為主，以其他題材為輔。先談天星，康原在此處將星星的象徵分成兩類，一類是已經逝去的親友；一類是在黑暗的天空中為地面的人們默默發著光的人。

〈遺言〉置於在本輯最初，似乎是有意的安排，遺言往往是最後的總結與交代，內容也隱含著對人生的最終理解。本詩開頭就說「死亡　是出世了後的終結站／出世的時　敢是死亡的起點？」這段話點出了康原的死亡的理解，猶如《莊子．天下》中惠施所說的：「日方中方睨，物方生方死」。生命是隨著時間流動的過程，因為有限，所以是「趕人生路程」，在趕路中盡量結因緣，並體驗一路的坎坎坷坷，這是人生的積極把握；不過，當大限來時，卻要相對的放下這一切，因為「死無帶去／人生是一場夢幻的泡影」。從積極的把握生命到釋然的面對死亡，這就是人生歷程與體悟。

我們先節錄康原的這首〈天星〉來討論：

看暗暝天頂　彼粒星
逐日等待　阿母來入夢
夢成空　半暝揣無人
天星　你是走去佗位藏？

想起阿母：註定業命
在生日頭袂光著　出門
大粒汗　細粒汗
做甲日頭輾落西海岸
……
聽講　一个人若走去覕
天頂會加一粒星
阿母：自你離開了後
阮夜夜　攏咧走揣屬於你的星
掛佇　窗邊彼粒星　對阮笑微微
你的星陪阮渡過
寂寞閣孤單的烏暗暝……

本詩先以看星思母開頭，將對母親的思念寄託於天星，此處可視為伏筆。接著談母親一生的辛勞，從事最廉價的勞力工作，像是微弱的星光般照著西海岸的貧困家庭。最後一段「聽講　一个人若走去覕／天頂會加一粒星」，這就是我們常聽說的：人死後，會變成天上的一顆星星。所以當我們思念逝去的親友時，總是會抬頭望向星空，試圖尋找屬於心靈寄託的那顆星。作者在最後找到了窗邊那顆微笑的星，就是內心深處對母親的思念與依戀。另一首〈漁女的身影〉也是康原對母親辛苦持家的回憶與思念。〈薰吹佮老父〉透過一支父親遺留的象牙薰斗串起了對父親的種種思念，康原的父親是沉默的人，嘴裡咬的是薰斗，吐出的是煙霧，和勤勞靈活的母親成了明顯的對比。

本輯也以天星象徵那些默默行善，猶如星光照亮人間的典範人物。康原以〈命運敢是天註定——予敬佩的愛心菜販陳樹菊女士〉向獲選《富比世》雜誌亞洲慈善英雄人物榜，以及被《時代》雜誌列為年度最具影響力百大人物之「英雄」項目第八位的陳樹菊女士致敬：

樹菊　本來是樹仔佮菊花
落塗後　父母用樹菊名字賜予伊
家庭散赤
母親難產無錢交保證金煞曲曲去
做一个菜販的女兒　註定市場內
幫老父顧擔兼賣菜
閣擔當老母的角色
家己拖磨　幫忙飼養弟妹長大

自從第三小弟破病
接受母校師生救濟
雖然三弟最後無藥醫　化成一甕骨
伊體驗著　錢愛予需要的人才有路用
開始去　回報母校帶來歡喜的心情
為母校仁愛國小興建圖書館
佇學校成立急難救助金
……

對悲苦性命中行來的愛心菜販
毋向　命運屈服的樂觀精神
是台灣人永遠的價值

這馬　身體已經毋倣主
放下一切　安心靜養
咱祈求伊　平安喜樂過日子

本詩從一個時代的悲劇入手，在早期的台灣，很多貧困人家因為生病繳不起保證金而病逝，陳樹菊的母親並非特例，但是因為不是特例，所以才顯得這樣的悲劇是當時時空環境背景下的常態；詩中接著敘述發生在陳樹菊身上的另一個悲劇——她的三弟也因病過世。面對這樣的深層環境問題，陳樹菊知道了錢的重要性，康原如此描述她的金錢的觀念：「伊體驗著錢愛予需要的人才有路用」。不同於一般人經常因貧窮而成了守財奴，反而化作大愛成了愛心菜販。

不論從出身、學歷到工作，陳樹菊絕對是平凡的，但她的愛心卻如同天上的星星一般，在無盡的暗黑中帶來了一點光亮。同類型的作品也有〈千手觀音的甘露水——獻予埔里陳綢阿媽的詩歌〉，本詩書寫在南投埔里創立「良顯堂」的慈善家陳綢老太太。以及書寫台灣生態學家陳玉峯與畫家陳來興為月世界居民守護馬頭山而奔走的〈馬頭山的白毛蟹〉，他們以對土地的大愛投入環境生態保護，也可謂是夜空中的星光。

康原在本書的作品中雖然分成四輯，但實際包含的面向甚廣，都是康原在現實生活中所見所感，有歷史的感懷、地景的描寫、政治的批判、社會現況的觀察，與人情的況味等，這些題材的背景都可視為台灣大環境的深層結構，康原從不同角度把他們提煉成文字。

康原台語詩的「言語」特色

誠如前文所述，每位作家的作品形式風格就屬於個人的「言語」表現。康原在本書中充分呈現他個人的台語詩歌表現特色，以下就個人觀察依序說明。

字詞的樞紐使用

康原的詩中，習慣於割裂並安排短句，藉以形成兩句間的樞紐關係，以下舉幾個例子說明。

〈揣路〉：

真久　無轉去故鄉
細漢行過的路有一點仔
生疏　盤過田園的高架公路

第三行「生疏」一詞，即為字詞樞紐。在正常的語句連貫性而言，「生疏」應該接續在「有一點仔」之後，形成「有一點仔生疏」這樣完整的句子；但是康原刻意將「生疏」置於下面一行，之後接上「盤過田園的高架公路」，如此，「生疏」一詞就兼具樞紐與跨越上下二句關係的意義。從前一句讀下來，的確是「細漢行過的路有一點仔　生疏」，表示小時候走過的路，已然已經生疏了；但從「生疏」一詞往下接續，則是「生疏　盤過田園的高架公路」，則更進一步表示生疏的原因，未必全是時間久遠，記憶模糊，而是地景的改變。

再看本詩的第四段：

揣無故鄉孰似的　人
細漢踮過的　厝
失落佇　田中央
回鄉的路　愈來愈長
揣路　予阮心頭
酸……

第三行的「失落佇」也是樞紐與跨越上下二句關係的意義，往上連接，則是指「厝」失落了；向下延伸，則是說明失落之處就在「田中央」。那麼，田中央的「厝」是否安好？事實上，康原在漢寶的老家，早在多年前父親過世後就變賣了，現在已剷平成為田地，所以，失落於田中央是屬於記憶的空間，連地景都絲毫不存，更是令人唏噓。

以下再舉〈行跤花〉為例：

黃昏　某佮翁為著健康去
運動　上好方法著是行跤花

「行跤花」是指閒逛散步，康原與夫

人平日都有散步的習慣，從詩中也得知這種攜手散步的習慣已持續五十年以上。詩中的「運動」是樞紐，可以承接前一句成為「某佮翁為著健康去『運動』」，也可以向下延伸成為「『運動』上好方法著是行跤花」，一個詞可以將兩行詩句做更緊密的結合。另外如〈青春的夢〉：

> 發見著姑娘溫柔的
> 眼神　用氣力使目箭

詩中的「眼神」是樞紐，可以上承「發見著姑娘溫柔的『眼神』」，也可以往下延伸為「『眼神』用氣力使目箭」。本句除了在意義上做到連貫的作用之外，也將情感逐步強化，從溫柔的眼神轉為用力表現的動人眼神，呈現愛情的加溫過程。

刻意的「附加價值」

筆者長期觀察康原文學作品，並歸納出他的寫作是屬於「實用性」的書寫，曾撰文表示：

> 一個文學家，筆是他的工具，康原把這個工具實踐在土地上、人間世，以文字表現鄉土的熱愛，並進行文學行銷，將文學視為實用的工具。康原有意識的將文學捨棄風花雪月的形式追求，**轉而進行實用書寫，透過文字**

反映人間，照亮土地的每個角落，力求將文學的影響力擴大，因而我將他的作品歸納為實用性書寫。[4]

康原的寫作不求形式之美，而是試圖將文學的功能實用化，透過文學的影響力帶動地方特色、經典人物與文藝行銷等，也就是增加文學的「附加價值」。康原在《噴霧器飛出的春天》的序言〈信用起家的元祥金屬公司——走出艱苦歲月的張慶祥董事長〉可為佐證：

> ……曾經為榮獲國家文學獎的詩人林亨泰，寫過《八卦山下的詩人林亨泰》專書，借傳主建構台灣現代派詩史，與彰化的文學精神；寫過宗教家瑪喜樂的慈悲事業，以《二林的美國媽祖》書寫瑪喜樂的生命歷程，與沿海地區小兒麻痺的病史；另外，寫企業家吳聰其《人間典範全與總裁》（總裁的故事）是借傳主的生活體驗，讓諺語、詩歌、傳說故事隨傳主存在，保留即將消失的民間文學；如今《噴霧器飛出的春天》除了記錄「元祥金屬公司」創業歷史外，保存本土產業的精神，透過傳主張慶祥的個人紀錄保留彰化地區人民的生活史，並可看出台灣中小企業奮鬥的艱辛軌跡。[5]

康原在傳記書寫中，總會試圖透過傳

主的故事，額外傳遞其他有形或無形的附加價值。他的詩歌中，也有著相同的目的，筆者曾經寫過〈康原詩歌中的台灣俗諺運用與推廣策略〉專論他如何透過詩歌運用、推廣台灣俗諺，該文云：

> 康原的詩歌中，包含的俗諺甚多，也有許多表現先人生活文化的內容，……舉凡日常生活的食衣住行，人際往來等，也多有俗諺呈現。俗諺是生活文化的結晶，康原再以詩歌包裝這些結晶，並透過各種媒體為載體，傳遞給現代人，讓今人能以有趣且多種途徑了解先人的生活文化，再使俗諺活化。6

康原在《賴和的相思》這本台語詩集中，依舊秉持一貫原則的將作品帶入附加價值。

在〈小西巷風華〉中，透過彰化市小西巷的空間，介紹歷史地景以及彰化名人：

> 這巷底　踮真濟好額地主佮紳仕
> 醫生巷有　楊克煌佮謝雪紅的
> 精彩　愛情故事
>
> 一間一間無共款的　店
> 醉鄉　酒香佮薰味沉落彰化人的記持
> 高賓閣　賴和飲酒的身影變成一首一
> 首的詩

鐵道詩人　錦連失落夢想的天地
善道堂　有收驚婆卜龜卦的聲音
汀州會館　定光佛有靈閣有性

一頁一頁變遷的　歷史
紅葉大旅社變囡仔迌迌物仔來
揣回　真正阮細漢的時代
三和旅社　有小西咖啡的芳味
彰化三寶　肉丸　炕肉飯　貓鼠麵
人客　一攤食了閣一攤……

本詩附加的資訊相當多，有醫生巷的愛情故事（楊克煌與謝雪紅）；歷史古蹟「高賓閣」有經常往來的文人雅士，如賴和等；曾經被長久忽略的鐵道詩人錦連。

地景有「善道堂」、「汀州會館」、「定光佛廟」、「紅葉大旅社」、「三和旅社」等。詩中介紹了彰化三寶——肉丸、爌肉飯、貓鼠麵，透過詩歌為彰化進行文化旅遊行銷。

另外有一首獨特的〈卦山風雲走街仙〉，全詩分三章，全部採七言的齊言詩，在追求自由形式的現代詩壇，這樣的作品形式顯得相當的獨特。全詩以賴和為中心，書寫彰化的磺溪精神史。康原採求彰化文學的特質與精神，並且以賴和為關鍵，他說：

一八九五年台灣割讓給日本，日本人以高壓之手段統治台灣，日本人統治五十年之中，素有「台灣魯迅」

之稱的台灣新文學之父賴和，其文學作品表達台灣人強烈的反抗精神，深刻揭露日本殖民體制下，台灣所受的政治、經濟的雙重壓迫，透過文學形式來批判社會的陰暗面，譴責統治者的不公不義，形成日治時代抗議文學的局面。賴和強調「文學就是社會的縮影，必須反映時代的精神。」[7]

因此，康原在詩中的第一章「八卦山跤彰化城」可視為本詩的緒論，介紹彰化的歷史、人物，如賴和、蘭大衛醫生等。第二章「太陽旗下的風雲」則以賴和為核心，透過他的作品《一桿秤仔》的人物秦得參突顯日治時期台灣人受到的壓制，再以賴和的〈南國哀歌〉強調受盡壓迫下的反抗，引發了舉世震撼的「霧社事件」。第三章「覺悟犧牲的精神」是針對二林蔗農事件而寫，賴和也曾針對此事件寫了〈覺悟下的犧牲——寄二林事件的戰友〉，強調因為覺悟而必須有所犧牲，犧牲才有爭取改變的可能。本詩除了在內容上秉持康原一貫以文學創造附加價值外，形式上也採取嚴整的七言體，除了繼承台語的「七字仔」傳統外，似乎也刻意以此嚴整的體裁表現嚴肅的內容。康原在本書中相類似的作品還有書寫台灣歷史的〈烏水溝波浪的海湧〉、書寫鹿港人文、歷史的〈鹿城的風華佮舞影〉。

康原特別重視土地與人的關係，誠所

謂「一方水土養一方人」，每個地方名人都具有地區的代表性，章綺霞討論康原對不破章水彩畫的題畫詩時說：

值得強調的是，康原的題詩往往有意引介在地藝文作家，如黃春明之於宜蘭頭城、鍾理和之於高雄美濃、陳達之於屏東恆春，因而賦與畫家筆下的鄉鎮風貌，更深刻的台灣人文內涵。8

康原在本書中也多次將環境與在地名人相提並論，藉以形成附加的價值。比如前述〈小西巷風華〉的楊克煌、謝雪紅、賴和、錦連；〈鹿城的風華佮舞影〉中寫著：

宋澤萊　見證血色夜婆的降臨
小鎮　出過日本的三跤狗
李昂　看著上海陳定山的
春申舊聞　將新聞事件搬入
鹿港　予查某人林市《殺夫》

這段詩句中介紹了與鹿港相關的宋澤萊和他的《血色蝙蝠降臨的城市》、李昂的《殺夫》，以及引領日本軍進入台北城的辜顯榮。同詩也寫到了工藝國寶李松林、施至輝的神像雕刻、鹿港才子施文炳、洪棄生、攝影家許蒼澤等。在〈油菜花〉中寫到了豐原（葫蘆墩），也談到了出生於豐原的《油麻菜籽》作者廖輝英。

結語：「語言」下的「言語」

本文一路寫下來，與其說是康原《賴和的相思》的導讀，不如說是以本書為觀察點，探討康原長期以來台語詩寫作的「語言」——深層的背景條件與「言語」——淺層個人創作特色之關係。文學創作原本就是屬於「語言」下的「言語」，簡而言之，任何作家的創作都在一個生活的大背景條件下進行個人的獨特書寫模式，這個大背景是歷史、文化、空間環境等，作家再依個人的體認，則取其中要素進行屬於自己風格的創作。

康原的書寫的深層背景就是「台灣」——台灣的歷史、風土民情、地景、政治、文化與文學等，還有生長在台灣這塊土地中生活的感知與體悟。接著，在上述深層背景的前提下，康原以台灣的語言進行具有實用目的的創作，捨棄形式的美感與詩歌的隱晦性，大喇喇的說歷史、談人物，甚至為鄉土文化、美食進行行銷。個人以為康原的台語詩歌質樸的文字是可以化做最美的語言，這樣的語言文字傳遞的正是土地上作深層的問題與體悟，只要您用台語一字一句讀著這本詩集時，就可以明白作者的用心。

註

1. 參考趙毅衡：《文學符號學》（北京，中國文聯出版公司，1990 年），頁 28。
2. 康原：《番薯園的日頭光》（台中：晨星出版有限公司，2013 年 11 月），頁 24。
3. 康原：《逗陣來唱囡仔歌Ⅳ——台灣植物篇》（台中：晨星出版有限公司，2010 年），頁 68。
4. 曾金承：《筆落如燈鑑人間——康原的實用性書寫研究》（台中：晨星出版有限公司，2020 年），頁 14。
5. 康原：《噴霧器飛出的春天》（台中：晨星出版有限公司，2017 年），頁 19。
6. 曾金承：《筆落如燈鑑人間——康原的實用性書寫研究》，頁 284。
7. 康原：《追蹤彰化平原》（台中，晨星出版有限公司，2008 年），頁 134-135。
8. 章綺霞：《追尋心靈的原鄉——康原的鄉土書寫研究》（台中，晨星出版有限公司，2010 年），頁 105。

【跋】

從「前進文學地標」，到「賴和詩牆」

——賴和文學地標前進拆遷與變化

康原

〈彰化之門〉

門
書卷迎人　前進
賴和　矗立落雨的夜
批判與抗議的磺溪
溢出正義之氣
顯眼　深沉叛逆德性

惹出　議論紛紛
陽光與浪漫白雲映照
霧裡　燈貶眼
旅人行色匆匆

時代遺棄的孤兒
穿越烏色長廊
翻過台灣歷史的冬
綠色　天地白雲間

文學的彰化之門

「彰化之門」本是以公共藝術做為彰化的入口意象雕塑品，立於中山路與金馬路口，名為「賴和前進文學地標」，設立五、六年後，在二〇〇一年六月十三日被不相同政黨的執政者，遷移至八卦山上的大佛像背後，將書卷量體展開成一座牆圍，後人稱它為「賴和詩牆」。

文學精神本是一種抽象的理念，藝術教授卻能在一座精神保壘中將之呈現。

「前進文學地標」的設計者彰化師大美術系陳世強教授，為了呈現「賴和精神」（台灣精神）：「立足本土、人道關懷、文學領行」。其空間布置運用了四根門柱體象徵「新台灣四大族群」，攜手共同架構詮釋台灣精神的三座門框；門的配置角度配合基地主要交通動線，高低錯落，造成各視覺角度的整體景觀；門的表面材質以石材、紅磚為主，以不同表面質感代表四大族群各有特色、各具姿態，造型以台灣傳統巴洛克風格街屋立面門枋，以純化方框作為「門」的形體象徵。

主題的設計上，以賴和的散文〈前進〉之前後段文句之鏤文景觀為主。這篇文章是賴和一九二八年所發表的作品，我們知道一九二一年台灣文化協會成立，文化協會會員一方面參與政治，一方面創作，可是這樣的一個運動到了一九二七年的時候，文化協會就宣告分裂成左派與右派，而賴和一輩子很少贊成分裂，不管是政治運動或文學運動，他一直認為台灣的群眾沒有分裂的本錢。於是他運用象徵與隱喻寫下了〈前進〉這篇文章，希望分裂的戰友重新站在一起，相互攜手扶持，共同抵抗外來的政權。

藝術家把〈前進〉文字鏤文在鋼牆：由排立鋼板組列而成的鋼構體，做成如冊頁造型之地標物。其浮焊字與鏤空字鏤刻其上，其鏤字銅面表面處理使具肌理變化，其基座為懷古質感的仿陶質鋪面與石瓦砌面。為了地標景緻效果，運用噴霧系統與照明投射裝置，在夜間定時噴水投影，使其絢爛如巨型燈籠。

另外有「足跡」造型燈石：選空曠草皮二處布置以「足跡」造型燈石，置大小不等景石數顆，使具步伐之節奏感，景石中間平面切開對置，是具造型對應關係。中間設有投射燈具，達到夜間造景美感。整個周邊的情境營造出漆黑的夜晚。

「前進文學地標」做為彰化縣的入口意象，成為「彰化之門」的象徵，使民眾或遊客知道「文學的彰化」意涵，彰化的文學是彰化人的思想標竿，賴和是磺溪文學的代表人物之一；如果想更深入探究磺溪文學的精神，可到中正路與中民街交街口的「賴和紀念館」去參訪，這裡是台灣新文學的原鄉，收集了許多賴和及同時代作家的手稿與史料；或是去走一趟「八卦山文學步道」，這裡有十三位作家的詩碑，更能深入了解「文學在彰化」是為爭取公理與正義的精神，這十三位作家也是台灣人的典範。

「我生不幸為俘囚，勇士當為義鬥爭。」這兩句詩該是賴和的生命寫照，出生即被日本專制政權統治，生命遭受壓迫、失去了基本的人權，在殖民體制下呼籲台灣人追求自由民主，主張以文化來抗爭，一生為公理正義來努力，為卑微的人物來發言。在〈惹事〉的小說中說：「……人的心本來對弱者劣敗者表示同情，對強勝者懷抱嫉妒和憎惡，對於理的曲直是無暇去考察，可是在這『力即是理』的天下，我真的受了不少冤枉。」這段話中的「力即是理」該是對日本政府的諷刺，同時也提出台灣人不敢對強權抗爭的事實。

賴和先生是台灣新文學、新思想、新生活的啟蒙者，也是台灣文學的奠基者，他的作品具備有三種特色：其一，批判封建迷信：從小說〈蛇先生〉、〈鬥鬧熱〉中找到台灣人的迷信、愚蠢的守舊精神，賴和透過小說的詮釋，告訴台灣人這些事實，啟發台灣人不可守舊，要追求科學、民主、自由。其二，抗義精神堅強：從小說〈一桿秤仔〉是抗議統治者不義的法理，透過小說裡蔗農被製糖會社的剝削，反對殖民地經濟被掠奪的情況，以秦得參殺死警察，然後與警偕亡，表現出反抗的決心。其三，台語文學的奠基者：一九三〇年的「鄉土文學論戰」，賴和就主張「以我的手寫我的口」的「台灣話文」書寫，同時也創作出台語詩與小說數篇，開啟了台語文學的先河。

彰化先賢賴和〈前進〉的散文，突顯了日治時期社會運動，因領導階層觀點的歧異，造成分裂的現象，賴和希望台灣同胞在異族的統治下，不可以分裂。此篇〈前進〉以黑夜來比擬台灣當時的環境，用「被兩個時代母親遺棄的孩童」來比喻「孤兒的生命情境」，用兩兄弟象徵文化運動的左、右兩翼。這兩個母親一個中國、一個日本，台灣被這兩個母親拋棄，台灣必須自己尋找出路，在黑夜中行走，必須有堅定的信心，如：此文中所寫「……在這烏暗統治之下，一切被烏暗所同化……不懷著危險的恐懼，相忘於烏暗之中；前進！……前進！向著面對不知終極的路上，不停地前進。」

二〇一〇年八月二日，我在《自由時報副刊》發表〈誰要拆「前進」文學地標？〉會寫這篇文章是因為，彰化縣政府城觀處決議，要將此地標遷至八卦山上，大佛像後面的空地，引起大家的討論，媒體也有一些報導。

當時縣政府城觀處表示「原設計基地

位於車水馬龍的道路交叉口，民眾無法親近緬懷原設計意念及歷史問話深意，因此常有民眾陳情建議改善、遷移。縣府考量『象徵意義』、『文學本質』及『民眾建議』等面相，決定遷移八卦山上。」

於是三個月之後，這座前進文學地標，移至大佛後面的廣場，成了賴和詩牆。

城觀處指出：「象徵賴和詩牆的地標與大佛同時矗立八卦山上，永遠留存；讓民眾更能親近賴和與文學，彰顯彰化縣對文學的重視，並引人緬懷賴和的精神與貢獻。」當遷移已經成為事實時，我們就把這個景點算入「八卦山文學步道」的終點站，再把從「前進文學地標」的書卷變成牆圍的「賴和詩牆」的經過講述給遊客知道。

當城觀處把周邊的環境規劃出陽光大地、導覽步道、停車空間、解說設施及夜間照明時，賴和詩牆儼然成為八卦山上的新景點。詩人路寒袖曾經得過賴和文學獎，曾經來八卦山下的彰化師大當駐校作家，對彰化有很深的情感，對賴和也相當崇拜。特地寫了一首〈在八卦山遇見賴和〉的詩，後來民視飛閱文學地景製作小組將之拍成影片，影片摘錄了路寒袖最後一段詩：「和仔先的背影依然奮力前進／在八卦山、彰化公園、媽祖廟、警察署／在文學崎嶇磧碚的步道／以及，對抗不攻不義的人生沙場／而我始終緊緊地追隨。」

後來彰化市的中山社區要拍微電影，

社區理事長楊炎坤來找我時，我建議他們以詩人的〈在八卦山下遇見賴和〉為片名，請大葉大學馮偉中教授導演拍片，社區居民小湄為女主角，拍了片長約十八分鐘的微電影來介紹八卦山文學步道、中山國小、中山社區，現在這部影片也上了Youtube來供人點閱。影片除了著重賴和與社區地景的關係，也注重中山社區的自然景觀、人文景觀之美，藉以行銷賴和精神與中山社區的人文內涵。

每次導覽八卦山文學步道，在太極亭前的賴和詩碑〈讀台灣通史之七〉前，講完「旗中黃虎尚如生，國建共和怎不成。天與台灣原獨立，我疑記載欠分明。」之後，我會講到一則故事，這則故事是小說家李篤恭告訴我的，他說：「當年我還小，常尾隨母親跟著台灣文化協會的一群大人，來到太極亭前散步，當時亭前的山坑旁有一棵大樹，樹幹與枝枒間有一個洞穴，這群紳士的大人，會撿拾石塊比賽誰能丟進樹洞中，如有人丟進洞會興奮雀躍不已。那時我心想著：平常非常正經的一群長輩，休閒時也會有純真活潑的行為。」從李篤恭的眼裡看到他心中的偉人可愛的一面。

導覽到最後一站「賴和詩碑」前，我會讓學員們坐在大樹下，告訴這些外地遊客，從「前進文學地標」，到「賴和詩牆」進行過程中的一切紛紛擾擾；另外我還會告訴旅客另外一則故事：大約在一九八一年左右，當年的鍾肇政與李篤恭與文學界的大老及賴和的子孫們，曾經到彰化縣政府陳請：希望政府能在八卦山上設立一座「賴和文學公園」，但沒有被當時的政府接受；後來民間還流傳著，當時主政者聽到要設立「賴和文學公園」時，還問「賴和選舉時有沒有支持我們？」的笑談，我們不了解這種流言的真假？但千真萬確的說明政治人物對文學家陌生，對文學的不尊重，甚至看不起文學家，在選舉時想利用文學家，選後就不認識文學家，怎會去設立屬於台灣人的文學公園？

誰也沒想到四十年後，以前文壇大老們想為賴和爭取的文學公園，不費吹灰之力，在移動一座「前進文學地標」後，竟然營造出一個公園，難道這不是天意嗎？

上天在冥冥之中的安排，或許能讓後人站在與賴和親近的八卦山頂「賴和詩牆」旁，近一步感受賴和當年寫〈低氣壓的山頭〉時的心情。

——發表《源》雜誌一四二期

國家圖書館出版品預行編目資料

賴和的相思／康原著；梁一念繪圖．－－初版．－－
台中市：晨星，2020.11
面；公分．－－（晨星文學館；058）

ISBN　978-986-5529-47-5（平裝）

863.51　　　109011631

晨星文學館 058

賴和的相思

作者	康　原
繪者	梁 一 念
主編	徐 惠 雅
校對	康　原、徐 惠 雅、謝 金 色
美術編輯	林 姿 秀
創辦人	陳銘民
發行所	晨星出版有限公司 台中市 407 工業區 30 路 1 號 1 樓 TEL：04-23595820　FAX：04--23597123 行政院新聞局局版台業字第 2500 號
法律顧問	陳思成律師
初版	西元 2020 年 10 月 30 日
總經銷	知己圖書股份有限公司 （台北）106 台北市大安區辛亥路一段 30 號 9 樓 TEL：02-23672044　FAX：02-23635741 （台中）407 台中市西屯區工業 30 路 1 號 1 樓 TEL：04-23595819 FAX：04-23595493 E-mail：service@morningstar.com.tw 網路書店 http://www.morningstar.com. tw
讀者專線	02-23672044 ／ 02-23672047
郵政劃撥	15060393（知己圖書股份有限公司）
印刷	上好印刷股份有限公司

定價 380 元
ISBN978-986-5529-47-5

Published by Morning Star Publishing Inc.
Printed in Taiwan

文化部 MINISTRY OF CULTURE 贊助

◆讀者回函卡◆

以下資料或許太過繁瑣，但卻是我們了解您的唯一途徑
誠摯期待能與您在下一本書中相逢，讓我們一起從閱讀中尋找樂趣吧！

姓名：＿＿＿＿＿＿＿＿ 性別：□男　□女　生日：　/　/

教育程度：＿＿＿＿＿＿＿＿

職業：□學生　□教師　□內勤職員　□家庭主婦
□SOHO族　□企業主管　□服務業　□製造業
□醫藥護理　□軍警　□資訊業　□銷售業務
□其他＿＿＿＿＿＿＿＿

E-mail：＿＿＿＿＿＿＿＿ 聯絡電話：＿＿＿＿＿＿＿＿

聯絡地址：□□□＿＿＿＿＿＿＿＿

購買書名：賴和的相思

・本書中最吸引您的是哪一篇文章或哪一段話呢？＿＿＿＿＿＿＿＿

・誘使您購買此書的原因？

□於＿＿＿＿書店尋找新知時　□看＿＿＿＿報時瞄到　□受海報或文案吸引

□翻閱＿＿＿＿雜誌時　□親朋好友拍胸脯保證　□＿＿＿＿電台DJ熱情推薦

□其他編輯萬萬想不到的過程：＿＿＿＿＿＿＿＿

・對於本書的評分？（請填代號：1. 很滿意 2. OK啦！ 3. 尚可 4. 需改進）

封面設計＿＿＿＿ 版面編排＿＿＿＿ 內容＿＿＿＿ 文／譯筆＿＿＿＿

・美好的事物、聲音或影像都很吸引人，但究竟是怎樣的書最能吸引您呢？

□價格殺紅眼的書　□內容符合需求　□贈品大碗又滿意　□我誓死效忠此作者

□晨星出版，必屬佳作！　□千里相逢，即是有緣　□其他原因，請務必告訴我們！

＿＿＿＿＿＿＿＿

・您與眾不同的閱讀品味，也請務必與我們分享：

□哲學　□心理學　□宗教　□自然生態　□流行趨勢　□醫療保健
□財經企管　□史地　□傳記　□文學　□散文　□原住民
□小說　□親子叢書　□休閒旅遊　□其他＿＿＿＿＿＿＿＿

以上問題想必耗去您不少心力，爲免這份心血白費

請將此回函郵寄回本社，或掃描填回線上回函，感謝！

若行有餘力，也請不吝賜教，好讓我們可以出版更多更好的書！

・其他意見：

線上回函

晨星出版有限公司 編輯群，感謝您！

請填妥後對折裝訂，黏貼郵票後寄回。

郵　票
黏　貼

407
台中市工業區30路1號
晨星出版有限公司

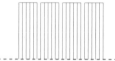

請沿虛線摺下裝訂，謝謝！

更方便的購書方式：

1 網站：http://www.morningstar.com.tw
2 郵政劃撥　帳號：15060393
　　　　　　戶名：知己圖書股份有限公司
　請於通信欄中註明欲購買之書名及數量
3 電話訂購：如為大量團購可直接撥客服專線洽詢

◎ 如需詳細書目可上網查詢或來電索取。
◎ 客服專線：02-23672044 / 02-23672047
◎ 客戶信箱：service@morningstar.com.tw